KB066499

괴물 사냥꾼

이하 장편소설

괴물 사냥꾼

주니어김영사

무영

막 고등학생이 되었다.
어릴 때부터 단짝인 현동이를 진심으로 아끼며, 솔직하고 대범하다.
때때로 뾰족한 것들에게 공격당하는
환영을 보고 괴로워한다.

용수

학교의 이단아이다.
창백한 피부에 깊고 푸른 눈을 가졌다.
베일에 쌓인 인물로 귀신, 괴물을 본다.

혜영

무영이 반의 반장이다.
쾌활하고 명랑하다. 마술하는 것을 좋아한다.
말 못 할 아픈 가족사를 가지고 있다.

괴물과 싸우는 사람은 그 싸움 속에서 스스로도
괴물이 되지 않도록 조심해야 한다.
우리가 괴물의 심연을 오랫동안 들여다본다면
그 심연 또한 우리를 들여다보게 될 것이다.

—니체 《선악의 저편》 중에서

오른손에 감은 붕대가 보이지 않았다.

군데군데 찢긴 손날이 낯설었다.

외눈박이 가로등이 눈을 크게 떴다.

그와 동시에 내 발이 제멋대로 움직였다.

그림자 하나의 무릎을 찼다. 그림자가 허리를 구부리자 내 손이 놈의
어깻죽지를 내려쳤다. 골목 그득 비명이 울려 퍼졌다. 그림자 둘이 달려
든다. 날아오는 주먹을 내 오른손으로 맞받아친다. 우두둑, 뼈가 으스러
지는 소리. 손에서는 딱지가 벗겨질 뿐, 더 이상 어떤 통증도 느껴지지
않는다. 그림자가 제 손을 쥐며 데굴데굴 구른다.

이번엔 나머지 그림자들이 엉겨 붙어 달려든다. 가볍게 허리를 숙여
선제공격을 피한 후, 오른손을 치켜든다. 마구잡이로 달려들던 그림자
들이 움찔한다. 그림자 몇이 뒷걸음질 친다. 나는 쫓아가 도망가는 그림

자부터 갈라놓는다. 그러곤 골목 입구를 등진 채 그대로 선다. 막다른 골목에 선 그림자들은 달아나지도 못하고 벽에 붙는다. 그림자들이 벌 벌 떠는 게 눈에 들어온다. 진동하는 전화기처럼 부르르 떤다.

그들에게 다가간다. 그림자 하나가 실체를 드러낸다. 주걱턱이다. 주걱 을 휘두르듯 깡마른 주먹을 날린다. 이번엔 내 이마로 그것을 맞받는다. 다음 순간 주걱턱에 내 오른손을 사선으로 내리꽂는다.

"아악!"

턱이 빠졌는지, 녀석은 입을 감싼 채 데굴데굴 구른다. 이런 괴물 새끼 가. 스팸이 울퉁불퉁한 팔로 나를 감싼다. 땅에 메다꽂을 계획인가? 무 릎으로 스팸의 가랑이를 올려친다. 손이 풀린다.

다시 내 오른 손날로 스팸의 정수리를 친다. 사정없이 내리꽂는다. 아 예 쇠못처럼 땅에 처박혀라. 처박혀라. 슬그머니 웃음이 나왔다. 걷잡을 수 없이 힘이 솟았다.

나머지 그림자들이 공포에 질려 서로 얼싸안는다. 덩치를 찾았지만 덩 치는 보이지 않는다. 어디선가 지린내가 난다. 바닥에 오줌이 흐른다. 하 지만 내 것이 아니다. 나는 그림자 무리에 서서히 다가간다. 다가서서 손 날로 목을 한 명씩 내려친다.

"악!"

그림자들이 쥐며느리처럼 온몸을 웅크린다. 그래? 이번엔 등짝을 친다.

퍽퍽.

이윽고 오줌 줄기는 핏물로 바뀐다.

나무영,
고등학생 되다

담임은 칠판에다 '자기소개 시간'이라고 썼다. 허전했는지 여백에 꽃과 리본을 그려 넣었다. 허우대는 불곰인데 웬 그림? 여자애들이 인상을 찌푸렸다.

"지금부터 한 사람씩 자기소개를 한다."

"아아!"

아이들이 싫은 소리를 냈다.

"그전에 내 소개부터 해야겠지?"

멀뚱멀뚱 불곰을 쳐다보는 아이들. 교탁 앞에 보이지 않는 철창이 드리워진 것 같다. 불곰은 그 철창을 쥐고 흔들 듯 와이셔츠를 걷어 붙인 두 팔을 휘저으며 말했다.

"나는 지두박이라고 한다. 충청도 옥천 출신이고, 과목은 수학이다. 우리 반은 수학만큼은 일등으로 만들 거다. 난 이 학교의 교무주임이기도 하다. 우리 반에는 절대 왕따 같은 건 없다. 모두가 함께 만들어 가는 사랑의 반이 될 것이다. 반역이 있을 시 가만 안 둔다. 이상!"

불곰은 '사랑의 반' 운운할 때는 앞으로 뻗은 두 팔로 허공을 끌어안았고, '반역'을 얘기할 때는 두 주먹을 힘껏 쥐고 잽을 날리는 시늉을 했다.

반 아이들이 한 명씩 앞으로 나가 자기소개를 했다. 고등학생이 되면 뭐가 달라지는 걸까? 아이들은 저마다 자신의 장단점과 좋아하는 것과 싫어하는 것, 그리고 목표하는 대학 등등의 이야기를 펼쳐 놓았다. 하지만 하나같이 천편일률적이라 귀에 들어오는 얘기는 없었다.13

제 차례가 되자 현동이는 창가 쪽에 앉은 나를 돌아보았다. 나는 오른손을 들어 파이팅을 외쳐 주었다. 얼굴이 벌게진 현동이가 자리에서 가만히 일어났다. 손등으로 이마의 땀을 훔쳤다. 두 손을 펴서 몇 번이고 바지춤에 문질렀다. 현동이가 또 나를 본다. 이번에는 두 손을 들어 불끈 쥐어 보였다. 현동이가 앞으로 나갔다.

"저, 저는 최현도, 똥입니다."

현동이가 제 이름의 끝 글자를 된소리로 발음하자, 아이들이 와아, 웃음을 터뜨렸다.

"아니, 현, 도옹입니다."

이번에는 이름을 유하게 발음했지만, 그게 더 이상한 꼴이 되었다. 아이들은 발을 동동 구르며 책상을 두드렸다. 현동이의 눈동자에 초점이 풀렸다.

"별명은 도, 또라이, 아니, 또, 도라에몽입니다."

긴장한 현동이가 또 한 번 된소리로 별명을 얘기하자, 참다못한 불곰까지 배를 잡았다. 담임을 노려보며 손을 번쩍 들었다.

"선생님, 저부터 소개해도 될까요?"

불곰이 멋쩍은 표정으로 현동이와 나를 돌아보았다. 큼지막한 두 손으로 마른세수를 하고 나서 그는 마지못해 고개를 끄덕였다. 교탁으로 걸어 나가 현동이에게 속삭였다.

"괜찮니?"

현동이는 내 말을 듣지 못했다. 나는 녀석의 어깨를 두드리며 귓속에 바람을 훅 불었다. 그제야 현동이가 날 올려다보았다. 눈가에 벌써 눈물이 그렁그렁했다. 고개를 끄덕이며 웃어 주었다. 현동이가 안정을 되찾았는지 눈을 끔벅였다. 현동이의 소매를 잡아당겼다. 그제야 현동이는 제자리로 돌아갔다.

"안녕하세요? 저는 나무영이라고 합니다. 현동이와는 초등학교 때부터 같은 동네서 살았고, 베프입니다."

이쯤에서 나는 반 전체를 휘 둘러보았다. 뒷자리에 앉은 덩치 큰 녀석들 몇이 눈을 부라렸다. 아랑곳 않고 말을 이었다.

"가족은 셋이고, 엄마는 미술교사이고 아빠는 시인입니다. 하지만 저는 그런 거랑은 안 친합니다. 권투를 조금 배웠는데 시시해서 요새는 집에 샌드백 가져다 놓고 답답할 때 땀을 빼는 정도입니다."

현동이의 안색을 살폈다. 다행히 현동이는 평정을 되찾았는지 반달 같은 눈으로 웃어 보였다. 나는 잽, 잽, 어퍼컷을 날리는 시늉을 하며 말했다.

"현동이 아버지가 권투 체육관 관장님이셨거든요. 그래서 조금 배웠는데 아무래도 그런 건 나랑 안 맞아서 그만두었습니다."

그 와중에도 나는 여유를 부리며 창밖을 내다보았다. 확실히 고등학교 교정은 달랐다. 대학교 부속 초·중·고가 붙어 있는 학교이긴 했지만 고등학교만은 운동장이 따로 있었다. 앞 건물 중학교 운동장보다 두 배는 큰 것 같았다. 그뿐 아니라 한쪽에 반쪽짜리 농구코트 세 개와 미니축구를 할 만한 잔디 경기장이 하나, 그리고 수영장도 딸려 있었다.

"앞으로 잘 부탁합니다."

까딱, 고갯방아를 한 번 찧고는 교탁을 내려왔다.

기다렸다는 듯이 한 여자애가 손을 들었다. 불콤은 큰 얼굴을 끄덕였다. 확실히 몸통에 비해 얼굴이 커서 그런지 고개를 내리는 건 금방이었지만 끌어올리는 데는 시간이 걸렸다.

"저는 이혜영이라고 합니다. 특기는 오래달리기, 장점은 쾌활하고 명랑한 성격, 아, 특기가 하나 더 있는데 여자애들 괴롭히는 남자애들 때려잡는 겁니다. 단점이라고 할 것까진 없고, 몸매가 바나나우유를 닮아서 썩 마음에 들진 않습니다. 그런데 나쁜 놈들 땅에다 메다꽂을 때는 참 좋지요."

카랑카랑한 목소리가 교실에 울렸다. 차라리 망토 같은, 커다란 모자가 달린 갈색 코트를 입은 여자애였다. 옷차림에 더해 양 갈래로 땋은 뒷머리는 얼핏 말괄량이 삐삐를 연상케도 했지만, 그보다는 한층 새치름해 보이기도 했다.

여자애는 교탁 밑에 둔 신사 모자를 집어 아이들 앞에 내보였다.

"하나 더 있는데, 저는 마술을 좋아합니다."

여자애는 모자를 몇 번이고 뒤집어 보여 주며 안에 아무것도 없다는 사실을 확인시켰다. 모자를 뒤집어 교탁에 올려놓았다. 쉬잇, 속삭이며 왼손 검지를 입술에 댄 여자애가 한쪽 눈을 찡긋 감으며 검지를 앞으로 뻗어 권총을 쏘는 시늉을 했다.

"빵, 빵!"

여자애가 소리치자 신사 모자 안에서 노란 새가 튀어나왔다. 그러자 교실 안에 작은 소동이 벌어졌다. 마술인 건 알겠는데 저 새를 어떻게 잡아서 도로 모자에 넣을 것인가? 여자애도 미처 거기까진 생각하지 못했는지 얼굴이 벌게졌다.

하지만 소동은 그리 오래가지 않았다. 맨 뒷자리에 앉은 덩치 큰 녀석이 필통을 솜씨 좋게 던져서 새를 명중시켰기 때문이다. 새는 그대로 날개를 쭉 뻗은 채 땅에 떨어졌다.

"야, 너! 비비를 죽이면 어떡해!"

여자애가 노란 새를 두 손으로 감싸 쥐고 덩치에게 쫓아갔다. 덩치는 딴청을 피웠다.

"잠깐 기절했을 거야. 그까짓 거 죽으면 좀 어때? 파리랑 다를 게 뭐야?"

"뭐라고?"

불곰이 나섰다.

"그만, 그만! 교실에서 뭐 하는 짓이야?"

불곰은 허리를 기울여 여자애의 손에 놓인 작은 새에 귀를 댔다. 불곰의 눈이 번쩍 뜨였다.

"앵무새니?"

"아뇨, 카나리아요."

불곰이 웃었다.

"다행히 아직 살아 있군. 기절한 거야. 마술은 좋다만 혜영이 넌 앞으로 이런 건 가져오지 마."

여자애의 얼굴이 시무룩해졌다.

"네."

여자애가 자리에 돌아와 앉았다. 알고 보니 대각선 쪽으로 내 바로 앞자리였다. 여자애의 머리칼에서 사탕 냄새가 났다. 이게 딸기향인지 포도향인지 모르겠다.

"그리고 너."

불곰이 큰 손을 뻗어 덩치의 어깨에 얹었다. 덩치도 한 덩치 했지만 불곰에 비하면 새끼 곰에 불과했다. 불곰의 팔뚝에 꼬불꼬불한 털이 덥수룩했다.

"네?"

반항적인 눈빛을 하고 덩치가 불곰을 올려다보았다.

"어쩌라고요?"

불곰이 그런 덩치의 어깨를 꽉 쥐었다. 덩치가 소리를 지르며 어깨를 감쌌다.

"교실에서는 아무거나 던지면 안 된다. 여긴 야구장이 아냐. 그리고 우리 학교엔 야구부도 없다. 네가 야구를 할 수 없게 된 건 유감이지만 명심해라."

덩치는 대답하지 않았다.

"소개나 하시지."

불곰이 덩치의 등을 떠밀었다. 덩치가 마지못해 일어서서 앞으로 걸어 나갔다.

"나는 김한수. 중학교 때까지는 야구를 했고, 기합 받다가 어깨가 나가서 관뒀어. 특기고 뭐고 그런 거 없어. 이게 끝입니다."

뒷자리에서 누군가 쑥덕거리는 소리가 들렸다.

"쟤가 리바이어던에 들어갔다는 애야?"

"리바이어던이 뭔데?"

"일진 애들이 만든 불량서클인데, 무시무시하대."

"무섭다 야."

"입학도 전에 들어갔다나 봐."

덩치의 눈매는 커다란 덩치와 안 어울리게 날카로웠다. 햇빛에 그

18

을려 까무잡잡한 얼굴과 툭 불거져 나온 입술, 짧은 머리가 흑인보다는 인디언에 가까운 느낌을 주었다. 아까는 상황 때문에 인식하지 못했는데 목소리도 무척 낮았다.

"와와!"

뒷자리 덩치 주변에 앉아 있던 남자애 둘이 오버하면서 기립 박수를 쳐댔다. 한 놈은 키가 큰 데다 주걱턱이라 거꾸로 세워 둔 국자같이 생겼다. 그래서인지 박수를 치면서도 휘청거렸다. 또 한 놈은 키도 땅딸한 놈이 운동을 얼마나 했는지 몸의 모든 부위가 네모났다. 가슴팍은 스팸이고 팔다리는 줄줄이 비엔나랄까. 배배 꼬는 모양새가 불량스럽기보다 이물스러워서 여자애들은 고개를 돌렸다.

"이 병신들아? 박수 안 쳐."

주걱턱이 눈을 부라리며 작은 소리를 냈다. 그제야 남자애들 몇이 따라서 박수를 쳤다.

"찐따들."

스팸도 욕지기를 내뱉었다. 둘 다 신기하게도 담임이 못 들을 정도의 데시벨로 소리를 냈다. 욕하는 데는 아주 달인인가 보다.

불곰도 이제 귀찮다는 듯이 먼저 한두 번 박수를 쳤다. 아이들이 따라서 쳤다. 덩치가 교탁을 내려와 자기 자리로 가서 앉았다. 앉았다기보다는 몸을 의자에 던졌다는 게 맞을 것이다. 의자가 부서지지 않은 게 다행이었다.

"자기소개는 이쯤하면 될 듯하고, 오늘은 첫날이니 잠깐 쉬었다가

간단히 오리엔테이션을 하도록 하겠다."

불곰이 말을 끝내자마자 수업이 끝났음을 알리는 종소리가 들렸다. 종소리보다는 클래식 음악에 가까웠다. 어리둥절한 아이들을 보며 불곰이 나가다가 한마디 했다.

"이게 학습효과가 더 낫다니까. 릴랙스하도록!"

여자애들이 혜영이에게 몰려들었다. 남자애들도 마찬가지. 저마다 마술 모자를 만져 보며 말을 걸기 바빴다. 그 통에 뒷자리에 앉은 나도 덩달아 아이들에게 둘러싸였다.

"비비는 어떠니?"

여자애들이 물었다.

"괜찮아. 마술용 흰 비둘기는 비싸서 청계천에서 싸게 사왔는데 이제 놔줘야겠다."

혜영이가 시무룩하게 말했다.

"다른 마술 할 줄 아는 거 있어?"

이번엔 남자애가 물었다. 혜영이, 아니 마녀는 트럼프 카드를 남자애에게 내밀며 말했다.

"하나 뽑아 봐."

남자애가 안경테를 밀어 올리며 눈을 반짝였다.

"좋아."

마녀가 못 보게 한 장을 뽑아서 둘러선 아이들에게 보여 주었다.

다이아몬드 나인이었다. 마녀는 눈을 감고 있었다.

"여기에 다시 섞어 넣으렴."

마녀가 카드 세트를 내밀자 안경이 트럼프 카드를 뒤집어 카드 속에 밀어 넣었다. 마녀는 얼마간 카드를 섞더니 아이들 앞에 그것을 내밀었다.

"자, 나와라! 자수하란 말이야!"

그 애가 마치 애완동물을 다그치듯 카드한테 말하자 신기하게도, 정말 신기하게도 카드 한 장이 서서히 올라왔다.

"와아!"

아이들의 탄성이 교실에 울렸다. 나 역시 나도 모르게 소리를 질렀다. 카드가 제 스스로 움직이다니. 게다가 그것은 다이아몬드 나인이었다.

"어떻게 한 거니? 나 좀 가르쳐 주라."

여자애들이 마녀를 다그쳤다. 마녀는 흐뭇한 표정을 지으며 카드를 다시 가방에 집어넣었다.

"트럼프 병사들을 조련시키는 중이거든. 다음에 또 보여 줄게."

"다른 거 또 있어?"

"다음에. 마술 말고 마법도 알아. 그것도 다음에."

마녀가 눈을 찡긋하자 아이들이 저마다 궁금해 죽겠다는 듯이 앓는 소리를 내뱉었다. 다시 클래식 음악 소리가 웅장하게 울려 퍼졌다.

"그런데 넌 뭐 없니?"

마녀가 뒤돌아 얼굴을 쑥 내밀곤 나를 올려다보았다. 정말, 뭐 이런 요상한 아이가 다 있나! 얼굴이 또 화끈거렸다.

"나는 마녀가 아니라서……."

"뭐? 내가 마녀라고? 나는 이혜영이야, 혜영이. 뭐라고 했지?"

기가 죽어서 조그맣게 되뇌었다.

"이혜영, 혜영이……."

"그래, 혜영. 너 또 마녀라고 부르면 가만 안 놔둘지 알아."

불곰이 들어서자 혜영이가 흥분을 삭이고 앞을 돌아보았다. 나도 뭔가 분해서 혜영이의 어깨를 톡톡 쳤다. 혜영이는 살짝 고개를 돌리며 입을 벙긋했다.

"왜?"

손을 모아 작은 나팔을 만들었다. 그러고는 혜영이의 귀에 대고 속삭였다.

"흰 고무줄 맞지? 카드 속임수 말이야. 그 안에 미리 고무줄 넣어 놓고, 그 녀석이 뽑은 카드를 안에 밀어 넣은 거잖아. 나중에 튕겨 오르게 하려고."

혜영이의 눈이 번쩍 뜨였다. 마녀는 다시 상체를 홱 돌려서 나를 빤히 쳐다보았다.

"오, 제법인데? 너, 이름이 뭐라고 했지? 나무?"

"나무라니? 무영, 무영이라고."

불곰이 어디서 뽑아 왔는지 텔레비전 안테나로 사랑의 매랍시고 교탁을 탁탁 쳤다.

"나무영, 이혜영, 너네 뭐 하니? 둘이 첫날부터 눈 맞은 거냐? 크하하하."

불곰이 호탕하게 웃어젖혔지만 썰렁한 개그에 따라 웃는 아이는 없었다. 외려 혜영이는 그런 담임을 쏘아보았다. 불곰이 혜영이의 눈길을 피하며 뒷머리를 긁었다.

수업이 다 끝나고 운동장 한쪽 골대에서 현동이를 기다렸다. 축구부 형들이 공을 주고받으며 축구 연습을 하고 있었다. 오늘은 현동이랑 일대일로 미니축구나 할까? 아니면 현동이 아빠네 체육관에 같이 가서 형들 스파링 파트너나 해 줄까?

빨리 나와! 여긴 골대야!

카톡을 보냈지만 답이 없었다. 혹 누가 또 현동이에게 치근대는 게 아닐까? 아차, 다시 교실로 내달렸다. 그때 무언가가 날아와서 내 배를 강타했다.

"으윽!"

아랫배를 부여잡고 엎어졌다. 숨이 턱에 차올랐다. 힘을 뺀 상태로 옆구리에 주먹을 맞았을 때 같았다. 또르르, 축구공이 옆으로 흘러내렸다.

"괜찮냐?"

축구부 형들이 달려왔다. 고개를 까딱거렸지만 앞이 노랬다. 형들은 나를 일으켜 들었다 놓으면서 숨을 쉴 수 있게 조치했다. 그렇게 몇 번 시소를 타자 숨통이 조금 트였다.

"그렇게 공을 아무 데서나 뻥뻥 차면 어떡해요?"

어느새 다가선 혜영이가 형들에게 소리쳤다. 여자애의 기세에 눌린 형들은 뒷머리만 긁어댔다. 괜히 창피해서 내가 되물었다.

"현동이는 아직 안 나왔어?"

"현동이?"

혜영이가 눈을 댕그랗게 뜨고 나를 쳐다보았다.

"그 애가 누군데?"

혜영이의 마녀 같은 덧옷을 보니 아수라백작이 사랑한 게임 속 여자 주인공이 떠올랐다. 이래저래 귀찮으니 현동이랑 그냥 비디오 게임이나 해야겠다.

"아까 도라에몽이라고 소개한 애 말이야."

"도라에몽?"

"긴장하면 숨 때문에 된소리가 나오니까 이해해 줄래?"

"배는 좀 괜찮니?"

"체육관에서 맞는 연습 좀 했지."

혜영이가 내 이마를 짚었다. 손이 찼다. 하지만 얼굴은 발갛게 달아올랐다. 왼쪽 볼에만 보조개가 살짝 들어간 게 보였다.

"좀 더 맞아야겠다."

혜영이가 살짝 주먹을 쥐어 내 뱃구레를 쳤다. 알싸한 통증이 밀려들었다. 하지만 조금도 안 아픈 척 앞서 걸었다. 그러고 보니 현동이는 자기소개를 하다 말았지. 아무래도 부끄러워서 나보다 먼저 빠져나간 것 같다.

"내일 봐."

혜영이에게 손을 흔들고 뒤돌아 달렸다.

권투 체육관은 텅 비어 있었다. 문은 열려 있었는데 불은 꺼졌다. 현동이에게 체육관에 있다고 문자를 보냈다. 오랜만에 링에나 한번 올라가 볼까. 거울로 가득 찬 체육관 한쪽 면을 바라보며 회색 러닝 셔츠만 남겨두고 상의를 벗었다. 링을 당겨서 반동을 주고 그대로 두 발을 모아 드롭킥을 차듯 뛰어올랐다.

"오, 제법인데?"

거울 속의 내가 놀랍다는 표정을 지어 보였다. 나는 녀석에게 윙크를 했다. 어둠 속에서 먼지가 풀풀 피어오르니 제법 그럴 듯해 보였다.

"오랜만에 한판 붙을까?"

나는 거울을 향해 서서히 스텝을 밟았다. 거울 속의 내가 조금의 주저함도 없이 스텝을 따라했다. 섀도복싱을 시작했다. 케케묵은 곰팡내가 오늘따라 마음을 편하게 했다.

잽잽, 다시 잽과 스트레이트, 어퍼컷 그리고 삼단콤보, 다다다다.

거울 속의 내가 땀을 흘렸다. 녀석, 벌써 지친 건가? 좋다. 오늘은 좀 봐주기로 하자. 나는 링에 걸린 수건으로 녀석의 이마를 닦아 주었다. 덩달아 내 땀도 사라졌다. 그런데 현동이는 왜 아직까지 안 오는 거지? 허리를 숙여 링 밖으로 나서려는데 머리가 갑자기 핑 돌았다. 동시에 사각의 링이 그대로 달려들어 내 몸을 옭아맸다. 아니, 옭아매는 것처럼 느껴졌다.

뭐지?

가위에 눌린 것처럼 꼼짝없이 몸이 굳었다. 그러자 링의 모서리에서 갑자기 뾰족한 것들이 떠올랐다. 어떤 것은 가윗날 같았고, 또 어떤 것은 쇳조각 같았다. 두 눈을 비비고 싶었지만 움직일 수 없었다. 허공중에 떠오른 조각들이 나를 공격하려는 것일까?

"저리 가! 저리 가라고!"

나는 온힘을 다해 발버둥을 쳤다. 효과가 있었나. 용오름처럼 솟아오른 것들은 내가 아닌 거울 쪽으로 날아가서 마구 꽂혔다. 와장창, 거울이 깨졌다. 아뿔싸, 깨진 거울 조각은 더 많았다. 그것들이 한데 엉켜 이번에는 허리케인을 만들었다.

"저리 가! 제발, 살려 줘!"

뾰족한 괴물들이 나를 쫓아와 머리통을 집어삼키려고 했다. 그때 어디선가 커다란 굉음이 들려왔다.

땡땡땡.

정신이 번쩍 들었다. 체육관 한쪽에 들어선 현동이가 종을 치며 환

하게 웃고 있었다. 그러자 신기하게도 뾰족괴물이 그대로 녹아 내렸
다. 링 줄도 원위치로 돌아갔다.

"어디 갔던 거야? 걱정했잖아."

"아빠랑 병원에."

"또 천식 검진 받으러?"

"오늘 너무 긴장했나 봐."

"그럼 가서 쉬지, 여긴 왜 왔어?"

아차, 나는 말해 놓고서 스스로에게 어퍼컷을 날렸다. 현동이는 내
문자를 보고 여기까지 온 것이다. 그렇다고 정말 오면 어떡하냐, 지청
구를 주고 싶었지만 깨진 거울 앞에서 그만 합죽이가 됐다.

"근데 이거 깨뜨려서 어떡하지?"

"어디?"

체육관 거울에 비친 현동이가 해맑게 웃었다.

집에는 아무도 없었다. 아빠는 또 며칠째 집에 들어오지 않았다.
제대로 된 수입도 없이, 그때그때 필을 받으면 시를 쓴답시고 훌쩍 사
라지곤 했다.

아빠가 쓴 시를 보면 내용도 이상하다. 도통 무슨 뜻인지 알 수 없
는 단어들이 제각기 따로 노는 것 같다. 이따금씩 눈에 띄는 건 욕
뿐이다. 엄마는 그런 아빠의 시를 좋아한다. 아니, 좋아했다. 결혼 전
에는 아빠의 팬이었단다. 하지만 그건 어디까지나 아빠에 대한 환상

이 깨지기 전까지다. 엄마도 미술을 전공해선지 감성이 무척 풍부했다. 그래서 연애할 때는 예술가들끼리 만나면 아름다운 가정을 이룰 수 있을 거라 생각했다고 한다.

거실에는 엄마가 그리다 만 그림이 나무 이젤에 놓여 있다. 이사 오기 전엔 방이 세 개여서 남은 방 하나를 아빠의 서재 겸 엄마의 화실로 썼는데, 이사 오면서는 방이 하나 줄었을 뿐더러 거실도 좁아졌다.

아빠의 책들은 대부분 헌책방에 팔아넘겼다. 거실은 화실이 되었다. 나는 엄마가 그림 그리는 모습을 좋아했다. 붓을 든 엄마 표정은 소녀 같았다. 하지만 이제 엄마는 학교에서도 그림을 그리지 않나 보다. 엄마가 그림을 그린 날에는 진한 물감 냄새가 났는데, 언제부턴가 엄마에게서 아무런 냄새가 나지 않았기 때문이다. 이 나무 이젤에 놓인 반쪽 그림도 내가 졸라서 마지못해 엄마가 채색하다 만 것이다. 화폭에는 봄을 맞는 학교의 풍경이 담겼다. 흐릿한 학교 건물의 실루엣이 보이고, 주위로 봄꽃의 새순들이 돋는다. 아직 다 그린 건 아니지만 봄 냄새가 났다. 점점이 찍힌 학생들의 머리가 보인다.

그런데 엇?

이번에도 갑자기 그림 속 뾰족한 부분들이 도드라진다. 건물의 모서리부터 빨간 꽃잎의 끝, 창문의 각진 창틀까지. 그림 속 그것들이 서서히 도면에서 튀어나와 3D 영상처럼 불거지더니 허공에 둥둥 떠다녔다.

모양 자에나 새겨져 있을 법한 문양들이 저희들끼리 열을 맞춰 은

하철도처럼 날아가는가 하면, 행성의 고리처럼 내 머리 주변을 뱅뱅 돌았다. 모양처럼 색깔도 다양해서 얼핏 보면 비눗방울에 맺힌 무지개 같았다.

뭐지?

그것들은 서서히 간격을 좁혀 왔다. 거울을 보니 구슬꿰미를 늘어뜨린 면류관이라도 쓴 것 같았다. 하지만 녀석들은 거기서 멈추지 않았다. 헤어밴드처럼 머리 윗부분을 휘감더니 다시 관자놀이를 짓누르기 시작했다. 그대로 자리에 엎어져 머리를 감싸 쥐었다.

그냥 왕관도 아닌, 가시면류관이었나? 아니면 누군가 나를 길들이려고 손오공한테 그랬던 것처럼 금강권을 씌웠나? 이마에 시퍼런 힘줄이 돋았다. 고통 속에서도 사력을 다해 주위를 살폈다.

뭐지?

두 눈을 비비고 그림을 다시 본다. 이미 그건 그림이 아니다. 문 쪽으로 기어간다. 무언가 다리에 걸린다. 돌아보니 거실의 탁자와 개수대, 그릇과 젓가락 등이 보인다. 이번엔 식기구들이 공중부양을 한다. 그러더니 서서히 나에게 다가온다. 처음엔 천천히, 그러나 곧 미사일처럼. 다리가 풀린다. 두 눈을 질끈 감고 나도 모르게 소리를 질러댄다.

"악, 아악!"

급하게 문이 열리는 소리가 들린다. 문고리까지 달려들려나? 정신이 아득해진다. 자리에 주저앉는다. 그런 나를 누가 끌어안는다. 엄마

다. 엄마는 아무 말 없이 내 이마를 쓸었다. 그제야 퓨즈가 끊긴다.

어둠 속에서 누군가 주먹을 휘두른다. 그건 나일까, 아니면 나에게
일까? 퍽퍽 맞는 소리가 들린다. 맞는 이는 나인 것 같다. 그런데 이
상하게 아프지는 않다. 맞는 게 익숙해서일까? 검은 그림자가 이번
엔 발길질을 한다. 앞이 잘 보이지 않는다. 눈두덩이가 퉁퉁 부어서일
까? 그림자는 내 주머니를 뒤진다. 그림자는 하나가 아니라 둘, 둘이
아니라 셋, 아니 넷쯤으로 늘어난다. 주머니뿐 아니라 시계며 핸드폰,
가방, 막 쓰기 시작한 안경까지 쓸어 간다. 그러곤 옷까지 벗긴다.

얼마쯤 두들겨 맞았을까? 벌거벗은 채로 나는 화장실에 숨어든다.
문을 잠그고 그대로 벌벌 떤다. 이런 꼴로 어떻게 집에 갈 수 있단 말
인가? 한밤이 되어서야 밖으로 나와 보지만 달빛은 너무 훤하다. 거
울 앞에 선 내가 낯설다. 이내 미워진다. 나도 내가 싫다. 그러니 얻어
맞는 건 당연하잖아. 정말 그렇게 생각하니 맞는 것 같았다. 나도 나
를 따돌린다. 그래, 너부터 맞아야 해. 나는 손을 들어 내 뺨을 후려
친다. 아프다. 하지만 왠지 모르게 속이 시원하다. 한 대 더 친다. 이
번엔 주먹을 꼭 쥔다. 사정없이 휘두른다. 누군가 살려 달라고 애원
한다. 허나 그런 건 중요하지 않다. 나도 나를 괴롭힌다. 왕따는 축복
이다. 거울이 깨진다.

얼마쯤 시간이 흘렀을까? 눈을 떠 보니 나는 그대로 엄마 품에 누

워 있었다.

"이제 좀 정신이 드니?"

엄마가 손수건으로 내 얼굴을 톡톡 두드린다. 식은땀 때문인지 온몸이 축축하다. 오슬오슬 오한이 인다. 손바닥을 쫙 펴 본다. 다시 들여다본다. 하지만 피는 맺히지 않았다. 꿈이라기엔 너무 생생했다. 나는 다시 엄마 품속으로 파고든다.

"약 좀 먹으렴."

엄마가 알약을 하나 건넨다. 웬 알약? 입을 벙긋했지만 말이 나오지 않는다. 그런 내 입모양을 읽었는지 엄마가 대답했다.

"보름 가까이 의식을 잃고 누워 있었으니 먹어야지. 방학이기에 망정이지."

입을 동그랗게 벌리자 엄마가 알약을 넣어 준다. 그러곤 물컵을 내입에 대어 준다. 미지근한 물이 흘러 들어온다. 나는 몇 번이고 혓바닥을 휘저어 맛을 확인했다. 피 맛은 나지 않았다.

가쁘게 뛰던 숨이 가라앉는 게 느껴진다. 그제야 말소리가 나온다.

"내가 보름이나 잠들었다고?"

엄마는 나를 빤히 내려다본다. 말없이 고개를 끄덕인다. 역시 기억나지 않는다. 대체 내게 무슨 일이 있었던 걸까?

뾰족괴물아,
물러가라

"좋아하는 애 마음을 얻을 수 있다고?"

여자애들의 눈이 번쩍 뜨였다.

"레시피가 좀 복잡하긴 하지만……."

혜영이는 눈을 가느스름하게 뜨고 대답했다. 쉬는 시간만 되면 혜영이의 자리는 늘 북적댔다. 그 때문에 잠도 제대로 못 잔다. 간신히 수업 시간에 참았던 잠을 몰아서 잤다.

"어머, 뭔데 말해 주라."

여자애들의 눈이 번쩍 뜨였다. 개중 몇은 벌써 짝사랑하는 애의 마음을 얻은 듯 두 눈이 하트뿅뿅이가 됐다.

혜영이는 팔짱을 끼더니 오른손을 풀어 검지를 폈다.

"싱싱한 바나나 껍질 한 조각."

"그건 구할 수 있고."

혜영이는 검지에 이어 중지를 펴며 말했다.

"라일락 꽃잎도 한 장 있어야 해."

"어디선가 라일락 향기가 나는 것 같아."

여자애들이 박수를 치며 방방 뛰었다.

혜영이는 중지에 이어 약지를 폈다. 가운데 세 손가락만 펴고 있느라 힘이 들어가는지 작은 손이 벌벌 떨렸다. 그러나 아무렇지 않은 듯 애써 웃으며 말했다.

"흑설탕 한 스푼."

"그게 다야?"

"아니, 마지막으로 하나 더 있는데……."

혜영이는 엄지를 폈다.

"이걸 구할 수 있을지 모르겠다."

"그게 뭔데?"

"좋아하는 남자애의 손톱."

"말도 안 돼. 잘라 달라고 하면 이상하게 생각할 텐데."

여자애들의 낯빛이 잔뜩 흐려졌다. 수업 종, 아니 수업 클래식 음악이 흘렀다.

혜영이는 웃으며 말했다.

"그만한 노력과 용기 없이 어떻게 내 남자로 만들 수 있겠니?"

몇몇 여자애들은 고개를 끄덕이며 의지를 다졌고, 몇몇은 풀이 죽은 채 자리로 돌아갔다. 뒤에서 혜영이의 어깨를 톡 쳤다.

33

"왜?"

돌아보는 혜영이의 귀에 대고 물었다.

"마지막 새끼손가락은 뭔데? 그건 그냥 접고 있는 거야?"

"제법인데?"

혜영이는 눈을 동그랗게 뜨고 말했다.

"남은 손가락도 염두에 두다니."

"그래서 뭔데?"

"다른 건 아니고, 그걸 다 준비해서 작은 주머니에 넣어 좋아하는 애의 가방에 넣어 두면……."

"넣어 두면?"

혜영이는 새끼손가락을 펴며 말했다.

"애인이 된다는 거지."

"에이, 뭐 그런 게 다 있냐?"

"안 믿기면 한번 해 보던지."

혜영이는 또 얼굴을 바짝 들이밀며 익살스런 표정을 짓는다. 또 내 얼굴이 벌게진다. 손부채를 만들어 부친다.

불곰은 들어오자마자 다짜고짜 무언가를 칠판에 그렸다.

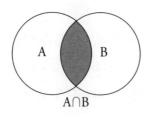

"선행학습을 했다면 대부분 알 거다. ……집합이다!"

불곰이 반을 한번 휘 둘러보았다.

"첫 번째 단원에서 공부할 거다."

대부분의 아이들은 멀뚱멀뚱 불곰을 쳐다보았고, 몇몇은 노트에 분주하게 필기를 했다.

"교집합이오."

누군가 속삭였다. 불곰이 고개를 끄덕였다.

"맞아. 집합은 어떤 기준에 의해 헤쳐 모인 무언가의 모임이라고 할 수 있다. 그런 의미에서 우리 반은 1학년 4반으로 배정 받은 학생들의 집합이라고 말할 수 있고. 이 정도는 쉽지?"

"네!"

"하지만 사람들은 모두 다르지. 우리 반 아이들도 마찬가지이다. 남학생과 여학생이 모인 것도 그렇고, 신장이 큰 녀석이 있으면 뚱뚱한 녀석도, 얼굴이 못생긴 녀석도 있다. 물론 기준에 따라 집합으로 각각 끌어안을 수 있는 범주도 달라지겠지. 교집합은 두 집합 A, B에 대하여 A에도 속하고 B에도 속하는 모든 원소로 이루어진 집합을 말한다."

$$A \cap B = \{x | x \in A \text{ 그리고 } x \in B\}$$

"표기는 이렇게 하지. 교집합 기호는 컵을 뒤집어 놓았다고 생각하면 돼. 은근히 깐깐해서 받아 줄 놈들만 받아 주지. 반면 합집합은 A 에 속하거나 B에 속하는 모든 원소로 이루어진 걸 말한다. 컵을 요렇 게 세워 두었으니 다 받아 준다는 거지."

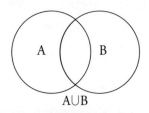

AUB

불곰은 다시 벤다이어그램을 그리고 그 밑에 기호를 나열했다.

$A \cup B = \{x | x \in A$ 또는 $x \in B\}$

"나는 우리 반이 일등에 대한 욕심과 열정만큼은 교집합이었으면 좋겠고, 그 외엔 합집합으로 뭉쳤으면 좋겠다. 단, 여집합은 용서하지 않는다."

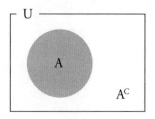

불곰은 또 하나의 그림을 그렸다.

"전체집합을 U라고 할 때, 이에 속한 부분집합을 A라고 하면, 여집합은 A에 속하지 않는 나머지 집합을 말하지. '남을 여(余)' 자를 써서 여집합이라고 한다. 내 말은 우리 학교를 U라고 하면, 우리 반은 A야, 근데 A에서 밀려 나는 '잉여'들이 있다는 말이지."

"잉여라고요?"

혜영이가 되묻자 불곰이 눈에 힘을 주었다.

"스스로 밀려 나와 A를 괴롭히는 잉여가 있을 수 있고, 그들에게 쫓겨 왕따를 당하는 잉여가 될 수 있고. 아무튼 제일 먼저 집합을 배우는 이유는 단합의 의미도 있다는 걸 잊지 말아라. 너희들은 한국 사회라는 집합에서 반드시 재원이 되어야 하니까."

불곰은 이번에도 두 팔을 쭉 뻗더니 허공에서 무언가를 헤집었다.

"나에게는 A와 B의 모습이 있다. A는 교사로서의 세심한 모습이고, B는 지도자로서의 카리스마랄까? 부분집합의 바깥으로 나가는 건 어떤 경우에도 가만두지 않는다. A든 B든 교집합은 여러분에 대한 사랑이고 사랑의 매가 될 테니 그리 알도록. 요컨대 일등만 하면 괜찮다는 거다. 나는 우리 집합을 일등으로 만들 거다."

아이들은 아무런 호응도 보내지 않았다. 불곰이야 우리를 일등반으로 만들고 싶겠지만, 일등이 있으면 꼴등도 있는 법. 어쩐지 꼴등으로 갈수록 같은 반이라도 집합에서 벗어난 잉여인간이 될 것만 같았다. 그러니까 여집합은 불곰이 조장한 것일지도 모른다. 답답증이 일어 도리질을 치는데 이번에는 칠판에 그려진 뾰족한 기호들이 튀어

나왔다. 나는 그대로 책상에 엎어졌다.

"야, 네가 권투했다는 녀석이냐? 일어나 봐."

점심시간이었다. 누군가 내 등짝을 후려쳤다. 힘이 어찌나 센지 눈이 번쩍 뜨였다.

"뭔데?"

눈을 부비며 돌아보니 한수가 씩 웃고 있다.

"밥이 모자라서 뭘 좀 사 먹을까 하고. 돈 좀 빌려 주라."

"어? 별로 없는데?"

"그러니까 얼마 있는데?"

한수가 인상을 썼다.

"있긴 있는 거잖아, 빙신아."

마지못해 왼쪽 주머니를 꼼지락거렸다. 종이돈 쪼가리와 동전 몇 개가 손에 걸렸다.

"빨리 안 꺼내?"

한수의 목소리가 커졌다.

"운동까지 한 놈이 뭐 이렇게 행동이 굼떠?"

그 뒤로 주걱턱이 히죽거렸다.

"이빨 까면 죽인다."

스팸이 내 목 뒷덜미를 쥐고 흔들었다.

"또라이 새끼."

갑자기 온몸이 떨려왔다. 이 떨림 그리고 두려움, 어쩐지 몸에 익다.

초등학교에 갓 들어갔을 때였다. 현동이랑 수업을 마치고 집에 가는데 골목 한쪽에서 목소리가 굵은 형들이 우리 둘을 불러 세웠다.

"어이, 거기 병아리 두 마리."

"네?"

그때는 현동이가 나보다 키가 컸다. 잔뜩 겁을 집어먹고 떨고 있는데 깡패 형들이 돈을 요구했다. 나는 냅다 뛸 기세로 현동이게 눈짓을 했다. 하지만 현동이는 떨면서도 주머니를 뒤적거렸다. 그러고는 천 원짜리 한 장을 꺼내 그들에게 건넸다.

"더 없냐? 뒤져서 나오면 1원에 한 대씩 맞는다."

큰 주먹을 휘휘 돌리며 형들이 협박했다. 현동이는 끝내 울음을 터뜨렸다.

"아이, 재수 없게!"

난감해진 형들은 주변을 두리번거리다가 이내 욕설을 내뱉고는 사라졌다. 나는 현동이의 눈물을 닦아 주었다.

"어쩌자고 돈을 준 거야. 같이 도망가면 될 텐데."

현동이가 금세 웃는 얼굴로 말했다.

"실은 이런 게 아홉 장이 더 있어. 만 원 대신, 천 원짜리 열 장으로 바꿔서 다니면 한두 장 빼앗겨도 괜찮으니까. 도망가다가 잡히면 더 맞을걸?"

현동이는 말했다. 누가 뺏으려 하면, 그냥 한 장을 꺼내 줘 버리라고.

"여기."

그때의 기억을 떠올리며 일단 종이돈을 집었다. 하지만 그 순간, 손가락에 힘이 탁 풀렸다. 그건 뭐랄까, 오락실 앞에 놓인 뽑기 기계의 집게와도 같은 느낌이었다. 방향을 잡고 버튼을 눌러 인형을 집어 들었는데 얼마 못 가 집게가 스스로 풀려 버린 것 같은. 몇 번이고 나는 내 손의 스위치를 눌렀지만, 이상하게도 손가락은 지폐를 떨어뜨렸다.

"뭐 해, 이 자식아?"

한수가 재촉했다.

"기다려, 이 자식아."

나도 모르게 한수를 올려다보며 뇌까렸다. 그것은 분명 내 입에서 나왔다. 하지만 내가 한 말은 아니었다. 헬륨풍선을 마시고 말한 것처럼 이질적인 목소리였다. 한수 패거리보다 더 놀란 이는 바로 나였다. 내 손은 종이돈 대신 동전 한 개를 꺼내 한수에게 내밀었다. 공교롭게도 금빛 다보탑이 그려진 십 원짜리였다.

"이 자식이?"

벌게진 얼굴로 한수가 나를 노려보았다. 이번에도 내 목은, 내 입은, 내 입술은 제멋대로 움직였다.

"미안, 너랑 어울리는 동전이 나오다니!"

"뭐라고? 보자보자 하니까."

한수가 야구방망이를 모아 쥐는 시늉을 하고는 온몸을 부르르 떨었다. 그러고는 내 머리를 힘껏 치듯 두 손을 휘둘렀다. 순간 겁을 먹은 나는 눈을 질끈 감았다.

"너희들, 뭐 하는 짓이야?"

자리에 돌아온 혜영이가 소리쳤다. 혜영이는 눈을 세모로 뜬 채 한수를 노려보았다.

"한번 해보자는 거야? 나랑 붙자고!"

혜영이가 작은 밤주먹을 모아 쥔 채 다가서자 남자애들이 피식 웃었다.

"가자. 계집은 건드리는 게 아니지."

한수가 도리질을 치며 야구 자세를 풀었다. 뒤에 있던 주걱턱과 스팸이 날 보며 속삭였다.

"너는 이제 죽었다."

그 말을 들으니 두 팔에 닭살이 돋았다. 내가 지금 무슨 짓을 한 거지? 어쩌자고 일을 더 크게 만든 걸까. 절대로 내가 한 말이 아니다.

"괜찮아?"

혜영이가 걱정스러운 얼굴로 내 어깨를 짚었다. 긴장이 풀리자 정신이 아득해졌다. 하지만 수치스러웠다. 나는, 나는 여자애들한테나 보호받는 애가 아니라고 소리치고 싶었다. 하지만 그렇다고 다른 방법이 있는 건 아니었다.

그 애의 손을 뿌리치고 밖으로 뛰쳐나왔다.

정글짐의 꼭대기에 앉았다. 하늘이 푸르뎅뎅했다. 파랗게 질린 내 얼굴처럼.

큐브처럼 얽히고설킨 빈껍데기에 올라 학교 운동장을 내려다본다. 평행봉에서 뱅뱅 도는 아이, 나란히 미끄럼틀을 타는 아이, 마냥 운동장 주변을 달리는 아이 등등이 눈에 들어왔다. 나처럼 혼자 다니는 아이는 보이지 않는다. 날씨가 풀려서 몸이 나른했다. 이대로 교실에 들어가지 않았으면 좋겠다.

정글짐에서 내려오려는데 갑자기 다리가 후들거린다. 올라올 때는 몰랐는데 높이가 꽤 된다. 몇 번이고 눈두덩을 비빈다. 꿈은 아니다. 요즘 만날 떨어지는 꿈을 꾼다. 아니, 떨어진 적은 없지만 떨어질까 두려워 낭떠러지나 빌딩 난간에서 떠는 꿈이다. 장소만 바뀔 뿐 레퍼토리는 그대로이다. 하지만 이건 진짜다. 그리고 이대로 굴러 떨어지면 크게 다칠 것이다.

이도 저도 못 하고 그대로 봉을 꼭 붙들었다. 수업종이 울렸다. 아이들이 하나둘 사라지는 동안에도 나는 자리에 굳은 채 꼼짝도 할 수 없었다.

체육시간을 맞은 반 아이들이 노란 체육복을 입고 밖으로 밀려나온다. 작은 금귤 같은 것들이 다가올수록 천혜향이 된다. 가만 보니 우리 반 아이들이었다.

"너 거기서 뭐 하냐?"

제일 먼저 기세 좋게 달려온 건, 한수였다.

"응?"

42

"거서 뭐 하냐고? 체육시간인데."

뒤따르던 주걱턱이 덧붙였다.

"이 호빗아."

녀석들의 욕은 다채로웠다. 머리를 짧게 깎은 한수가 눈을 부라린다. 그 뒤에서 스팸이 거들었다.

"뭐 하냐고 물었잖아, 미친 놈아."

"아무것도 아니야."

"아니긴 뭐가 아니야?"

한수가 코를 킁킁거리며 정글짐을 타고 오른다. 그 모습이 킹콩 같다. 제물을 집어삼키려는 포식자 말이다. 그렇다면 나는 발가벗겨진 원숭이, 혹 바나나?

그대로 뒤돌아 뛰어내리기로 했다.

"어디 가냐고?"

한수가 뒤에서 포효했다.

"아니라고!"

맞받아치고 정글짐의 너머로 하늘다람쥐처럼 두 팔을 벌려 뛰어내렸다. 다시 정신이 아득해졌다. 이윽고 두 다리에 엄청난 충격이 밀려들었다. 그 와중에도 나는 절뚝거리며 걸었다. 그대로 화장실이 아닌, 학교 정문을 향했다.

문을 나서는 내 등 뒤로 뭔가가 날아와 꽂힌다.

"스트라이크!"

멀리서 한수와 패거리들이 환호하는 소리가 들렸다. 땅에 떨어진 건 작은 돌멩이였다. 척추를 따라 통증이 밀려왔다. 동시에 한수 패거리의 뒤에서 쭈뼛거리는 현동이가 눈에 들어왔다.

"현동아?"

내가 입을 벙끗하자 현동이가 겁먹은 얼굴로 고개를 저었다.

"이것들이······."

나는 뒤돌아서서 녀석들에게 다가갔다. 나도 모르게 천천히, 그들 앞으로 다가서서 비스듬하게 섰다.

"이 시추에이션은 뭐지?"

한수가 어이없다는 듯 고개를 흔들었다.

"미치셨나 봐."

스팸이 덧붙였고,

"오, 친구를 구하겠다는 거냐?"

주걱턱이 턱을 까딱이며 비아냥거렸다.

그 말이 채 끝나기도 전에 잽을 뻗었다. 주걱턱이 입을 쥐고 엎어졌다. 스팸에게는 스트레이트, 한수에게는 어퍼컷, 아니 주먹을 올려치는 마지막 순간에 손이 펴졌다.

"윽."

정글짐에 등이 붙은 한수의 얼굴이 벌게졌다. 어느새 나는 손아귀로 녀석의 목청을 틀어쥐고 있었다. 이게 어떻게 된 일이지? 한수가 신음했다.

"이 새끼가……."

손힘이 더 들어갔다. 나는 그대로 팔뚝을 뻗어 올렸다. 한수의 무거운 몸체가 정글짐을 따라 들어 올려졌다.

"무영아, 그만!"

현동이가 뒤에서 내 허리춤을 붙들었다. 그제야 정신이 번쩍 들었다. 갑자기 이 모든 상황이 민망해졌다. 나는 한수를 떨어뜨리고 학교 밖으로 뛰었다.

멈추지 않았다. 아니, 멈출 수 없었다. 어떻게 집까지 왔는지 알 수 없었다. 건물 꼭대기로 올라갔다. 옥상에는 운동기구 말고도 옥탑방을 짓다 만 벽돌이 여기저기 널려 있었다. 그 중 하나를 벤치프레스에 올려두고 사정없이 내리쳤다. 돌보다 먼저 손이 으스러졌다. 살갗이 벗겨져 피가 맺혔다. 손등이 얼얼했다. 고통이 손목을 타고 팔꿈치, 다시 어깻죽지까지 전해졌다. 그래도 멈추지 않았다. 이대로 온몸이 하얗게 부서져 내려도 좋았다. 벽돌에도 금이 가기 시작할 때쯤 파김치가 되어 벌러덩 드러누웠다.

"왜 맞서 싸우지 않는 거야?"

누군가 말했다.

어디지?

상체를 일으켜 주위를 둘러보았다. 아무도 보이지 않았다. 이젠 헛소리까지 들리나. 왼손은 아팠고, 오른손은 아예 감각조차 느껴지지 않았다. 옥상의 난간 너머로 짙은 노을이 드리워졌다. 오늘따라 더

45

붉디붉었다. 내 손등에 맺힌 피처럼 그리고 가슴에 찍힌 수치와 분노처럼.

아악!

소리치고, 또 소리쳤다. 그렇게 얼마나 발악했을까? 퇴근하고 집에 온 엄마가 쫓아 올라왔다. 피투성이가 된 나를 본 엄마는 놀라지 않았다.

"아들, 일단 내려가서 쉬자. 힘들었지?"

엄마는 최대한 침착하게 나를 일으켰고, 나는 엄마가 이끄는 대로 아래층 우리 집으로 내려왔다. 엄마는 내 손에 소독약을 발라 주었다. 약 뚜껑이 빨간 물감을 묻힌 붓 같았다.

"이제 그림 안 그려?"

"너 괜찮아지면."

엄마의 표정이 어두웠다.

"그때 그릴게."

"내가 어떤데?"

엄마가 내 오른손에 붕대를 감아 주었다.

"아니, 네 손 다 나으면."

"내 손 멀쩡할 때는 왜 안 그렸고?"

"언제 네 손이 멀쩡할 때가 있었니? 이게 몇 번짼데?"

"전에 내가 또 그랬다고?"

"정말 기억 안 나는 거야?"

엄마가 이번엔 조금 놀라는 표정을 지었다.

"약도 먹어야지."

더 묻지 않기로 한다. 물을수록 더 답답해지기만 할 뿐.

그때 집 전화벨이 울렸다. 엄마가 받았다.

"담임선생님, 안녕하세요?"

엄마가 날 보며 눈을 크게 떴다. 불곰이었다. 내가 수업 도중에 집에 왔으니 적잖이 놀랐나 보다.

"네, 조만간 찾아뵐게요. 무영이 바꿔 드리겠습니다."

엄마가 수화기를 내 귀에 대 주었다. 그 와중에도 불곰이 씩씩거리는 소리가 들려왔다.

"여보세요?"

불곰이 다짜고짜 물었다.

"무슨 일이야?"

"아무 일도요."

"근데 왜 간 거야?"

"그냥……."

"그냥 가는 놈이 어디 있어?"

"그럴 수도 있죠."

"누구야?"

불곰이 추궁했다.

"다 알고 있어."

"네?"

"한수냐, 그런 거야?"

나는 아무런 대답도 할 수 없었다. 불곰은 더 캐묻지 않고 전화를 끊었다. 엄마가 그런 내게 알약 두 개를 내밀었다. 모이를 받아먹는 새처럼 아무 말 없이 받아 삼켰다. 엄마가 물컵을 입에 대 주었다. 갑자기 잠이 밀려들었다.

내 방으로 가서 공책에 동그라미를 그려 보았다.

그 위에 '바보 나무영'이라고 썼다. 뭔가 단단히 꼬인 것 같은데 그게 뭔지 모르겠다. 나는 그대로 침대 위에 몸을 던졌다. 이대로 딱 백 년은 잠들었으면 싶었다. 더도 덜도 말고 딱 백 년만.

그날 저녁, 집으로 혜영이가 찾아왔다.

"무슨 일이야? 여긴 어떻게 알고……."

눈을 부비며 내 방문을 살짝 열어 보니 마녀, 아니 혜영이가 앉아 있었다.

"이 그림 정말, 어머님이 그리신 거예요?"

혜영이는 내가 깨어나기 전부터 엄마랑 이런저런 얘기를 많이 했는지, 그림 얘기까지 나누었다.

"요건 대학교 때 그린 거고."

엄마는 공단에 널린 알록달록한 옷가지 그림을 가리켰다.

"공장과 빨랫감이라……, 뭔가 심오한데요?"

엄마가 환하게 웃었다.

"그냥. 그때는 공장에 관심이 많았거든. 무영이 아빠도 거기서 만났고."

"대학에서 만난 게 아니고요?"

"나는 그냥 그림 그리러 간 거였어. 뭔가 도시 변두리를 화폭에 담아 보고 싶었거든. 근데 무영 아빠는 학교도 관두고 일하러 온 거였어. 노동의 가치를 실천하고 싶었다나? 나는 자꾸 풍경 앞에서 얼쩡거리지 말고 비키라고 했어. 무영 아빠가 유독 귀찮게 왔다 갔다 했거든. 무영 아빠는 그러는 당신부터 비키라고 했어. 이런 신성한 곳을, 취미로나 생각하는 당신들이야말로 먼저 없어져야 한다면서. 그렇게 티격태격하다가 가까워졌지."

엄마는 한 번도 나에게 하지 않았던 이야기들을 혜영이에게 풀어 놓았다. 마녀의 주술에 걸린 것일까? 혜영이의 친화력은 정말 대단하다 싶었다.

"그럼 이 자화상은 어머님이세요?"

"어머!"

엄마는 소녀처럼 수줍어했다.

"결혼 전 내 모습을 담아 두고 싶었어. 뭐랄까, 가장 아름다울 때의 모습?"

나도 저 그림을 좋아한다. 핑크색 실크드레스를 입은 채, 긴 머리를 쓸어 올리며 가만히 그림 밖 세상을 응시하고 있는 모습, 아니 엄마는 그림 속을 바라보았겠지. 아니, 어쩌면 그 사각의 공간 안에서

49

엄마의 꿈을 보았을지도 모르겠다.

　엄마는……, 정말 예뻤다.

　"지금도 예쁘신데요? 별다른 차이를 모르겠어요."

　혜영이가 간드러지게 콧소리를 냈다. 정말 마녀 같은 여자애 같으니라고.

　"깼니?"

　방심한 사이, 혜영이에게 들키고 말았다.

　"그런데 그 손?"

　혜영이는 우는 표정을 지었다.

　"넘어졌어."

　"아까 그 정글짐에서?"

　혜영이의 말에 아까의 기억들이 떠올랐다. 그걸 혜영이는 다 보고 있었다고? 갑자기 혜영이와 마주보기가 버거워졌다.

　"그런데 여긴 어쩐 일이야?"

　혜영이는 오른손으로 브이 자를 그렸다.

　"오늘 오후에 반장선거를 했거든. 내가 과반수 표를 얻어서 반장 됐어."

　"어머, 축하한다, 얘."

　엄마가 여고생처럼 박수를 쳤다.

　혜영이는 엄마가 깎아 준 사과를 우물거리면서 말했다.

　"감사합니다, 어머님."

"그런데 그거랑 이거랑 무슨 상관인데?"

"불곰이 지시한 거야. 반장이니까 한번 가 보라고."

"자기가 안 오고?"

나는 잠시 불곰이 우리 집에 들어앉아 있는 상상을 했다. 아니지, 그건 아니지.

"불곰은 한수네 집에 간댔어."

"아……."

사과를 다 먹은 혜영이는 잠깐 얘기할 게 있다며 밖으로 나가자고 했다. 엄마가 나가 보라며 눈을 찡긋했다. 엄마는 누군가 나를 찾아온 게 정말 반가운 모양이다. 현동이 말고 우리 집에 친구가 찾아온 건 처음이었다. 그것도 여학생이 말이다.

"가자."

밖으로 나갈 것 없이 나는 혜영이를 옥상으로 이끌었다. 무슨 이유에선지 주인집에서 짓다 만 옥탑방은 캄캄할 때 보면 유령의 집 같기도 했지만, 달빛을 머금으면 적당히 운치가 있었다.

벤치프레스에 묻은 돌가루를 왼손으로 털어내고 혜영이에게 자리를 권했다.

"너도 옆에 앉아."

"아냐, 난 여기 난간에 기대는 게 좋아. 숨도 트이고."

혜영이의 눈이 다시 반짝였다.

"내가 분신사바 알려 줄까?"

"무슨 일로 왔는지 얘기나 하고 가."

"일이 있어야 하니?"

"불곰이 취조하라고 보낸 거 다 알아."

"하고 말 것도 없어. 반장 됐으니 이제 앞으로 반 학생들 챙겨라, 뭐 이런 뜻이지. 그래서 내가 네 걱정을 한 거고. 그럼 한번 가 볼래, 라고 묻기에 주소 알려 달라고 했지."

"네가 오겠다고 자청했다고?"

"불곰도 좀 놀란 눈치던데?"

"뭐하러 그렇게까지."

"넌 좀 특이한 구석이 있어서 알고 싶었어."

"뭘?"

"어떤 앤지."

또 혜영이는 얼굴을 들이밀었다.

"내 마법을 꿰뚫어 보는 것도 그렇고."

"이건 어떠니? 나에겐 괴물이 보여. 요즘엔 뾰족괴물이랄까, 사방에서 삐쭉삐쭉한 괴물이 뛰어 올라. 게다가 트럼프병정처럼 작은 팔다리까지 삐져나와. 그러곤 달려들어 온몸에 꽂히는 거지. 이런 괴물 본 적 있어? 이상하지? 난 그런 애야. 더 관심 가질 것도 없어."

이쯤하면 혜영이는 질겁하고 돌아갈 줄 알았다. 하지만 마녀는 달랐다.

"너도 본 거야? 그런 걸 본 애가 몇 명 더 있어."

"뭐라고?"

"오늘만 해도 놀라서 양호실에 들른 애가 둘이야."

"그 애들도 진짜 그 괴물을 본 거야?"

"본인들 말로는 날카로운 귀신이었다나? 아까 교무실에서 옆 반 아이가 한 얘기도 들었어."

"그 괴물, 넌 봤어?"

"그런 게 있다면 나도 보고 싶네. 보는 사람이 있긴 하지만……."

"귀신을 본다고?"

"용수라는 선배가 있는데, 이번에 2학년으로 다시 복학했다고 들었어."

"복학?"

"유급을 했거든."

"한 해 꿇었다고?"

"응. 원래대로라면 3학년이겠지."

"그런데 그 사람이 왜?"

"괴물 사냥꾼이거든. 아마도 괴물을 사냥하다가 선생님들께 경고를 받은 거겠지."

"괴물 사냥꾼? 그게 뭔데?"

달빛을 머금은 혜영이의 눈이 더 반짝였다.

"괴물을 잡는 사냥꾼. 귀신 잡는 퇴마사랑 비슷한 거야. 나도 잘은 모르는데, 듣기로는 그 사람 아빠가 박수무당이라는 얘기도 있어. 생

김새도 무당집 벽화에나 그려져 있을 법한 금강역사처럼 무섭게 생겼
대."

"괴물같이 생겼다고? 괴물이 무서워할 만하겠네."

"비아냥거리지 마."

"비아냥거리는 거 아냐. 어떻게 하면 만날 수 있는데?"

"오빠 지인들에게 수소문해 본 바로는 수업은 곧잘 들어간대. 하지
만 쉬는 시간이나 점심시간, 방과 후에는 바로 사라진대. 안 들어올
때도 있고."

"그러다 또 유급되려고?"

"선생님들도 그 사람은 좀 무섭나 봐."

"근데 오빠가 우리 학교 다녀?"

혜영이는 갑자기 고개를 떨어뜨렸다. 할 말을 고르는 게 눈에 보였
다. 몇 번이고 입을 벙긋대다 이내 결심한 듯 나를 올려다보았다.

"우리 학교는 아니고 가까운 학교에 다녔어."

"그럼 고3인 거야?"

"사실, 우리 오빠 지금 소년원에 있어. 곧 출소하지만."

"소년원? 왜 그런 데를……."

"불량 청소년이랄까? 오빠 일진이었어. 학급 아이들뿐 아니라 후배
들도 줄곧 괴롭혔어. 돈도 빼앗았고."

"한수처럼?"

"더 심했어. 급기야 어떤 학생이 제 손목을 그은 거야. 얼마나 괴로

웠으면 그랬을까, 지금도 그 아이 생각만 하면 눈물이 나."

"누군지 봤어?"

"전해 듣기론 나랑 동갑이라고 들었어."

"그래서 소년원에 간 거구나."

"그 애 아빠가 학교에 찾아가서 난리법석을 떨었다나 봐. 그리고 폭력은 사라져야 한다면서 무슨 성명서도 쓰고 기자들도 만났다나 봐. 교장은 펄쩍 뛰면서 가해자인 우리 오빠부터 퇴학시켰고."

"소년원에 가도 싸지."

나도 모르게 실언을 한 것 같아 혜영이의 눈치를 살폈다.

"나도 당연하다고 생각해. 그보다 그 애가 자꾸 생각나."

그대로 뒤돌아서서 동네를 내려다보았다. 우리 집이 높은 곳에 자리해서 골목 골목이 속속들이 눈에 들어왔다. 어떨 때는 연인들이 뽀뽀하는 모습도 볼 수 있었고, 어른들이 술판을 벌이는 풍경도, 불량배들이 학생들 돈을 빼앗는 모습도 종종 볼 수 있었다.

그런데 오늘은 아무것도 보이지 않았다. 괴물 사냥꾼이라고? 한 번 만나 보고 싶었다. 만나서 내 숨통을 조여 오는 이 벌레 같은 뾰족괴물을 없애 달라고 하고 싶었다.

"여기 참 좋다."

혜영이 일어서서 옆으로 다가섰다.

"그런데 손은 정말 괜찮은 거야?"

"괜찮아지겠지."

고개를 끄덕였다.

"그나저나……."

"말해."

"그럼 너희 오빠도 리바이어던?"

"그걸 어떻게?"

"애들이 그런 불량 집단이 있다고 해서. 일진이라면……."

"그랬구나."

혜영이의 목소리가 더 작아졌다.

"바다괴물이라는 뜻이래. 우리 오빠가 그랬어. 근방의 고교에서 힘쓰는 애들만 모인 조직인가 봐. 그런 건 없어졌으면 좋겠어."

달무리를 머리에 인 마녀의 샐쭉한 얼굴이 이상하게도 비현실적으로 보였다. 판타지 만화에나 나올 법한 신비소녀 이미지랄까? 나도 모르게 가슴이 뛰었다. 그 바다괴물을 잡아서 혜영이 앞에 무릎을 꿇리는 모습을 상상해 보았다. 그런 건 영화에서나 가능한 일이겠지만.

그보다 일진과 맞서는 모습을 떠올리니 덜컥 겁부터 났다. 나 같은 건 누굴 마음에 둘 자격이 없다.

"찾아와 줘서 고마워."

"싱겁기는."

혜영이와 나는 한참동안 언덕 아래의 가로등과 그 가로등 불이 붓처럼 그려 내는 뒷골목의 풍경들을 내려다보았다. 학교에 가기 싫다는 생각이 들자 숨이 가빠 왔다. 최대한 티를 내지 않으려고 두 손에 힘을 주었다. 힘을 주니 팔에 통증이 밀려들었다. 그 와중에도 힐끔힐끔 혜영이의 옆모습을 훔쳐보았다.

"그런데 그 용수라는 사람 말이야."

"뭐가?"

"괴물은 어떻게 보는 거야? 귀신 보는 눈이라도 있는 거야?"

"나도 자세히는 몰라. 그냥 무언가를 쫓을 땐 흰자위보다 검은자위가 월등하게 커진대. 무섭지 않니? 아직 청소년인데도 혼자서 굿을 할 수도 있다나 봐."

"굿을?"

"본인은 굿이 아니라 기도 혹은 사냥이라는데, 다른 애들은 귀신을 볼 수 없으니 그저 이상한 퍼포먼스로 보일 수밖에. 혼자 눈을 감고 춤사위를 벌이는가 하면, 두 손을 모으고 기도하면서 이상한 말을 웅얼거리기도 한대. 그게 뭔지는 잘 모르겠는데, 어떨 땐 죽은 사람이, 또 어떨 땐 혼령이나 귀신이 직접 말을 걸어오기도 한다나 봐. 그럴 땐 그 사냥꾼이 녀석들을 꾸짖거나, 어르기도 한대."

"에이, 말도 안 돼."

"나도 처음엔 그렇게 생각했어. 마술을 배우면서 더 그렇게 생각했지. 트릭일 거라고. 하지만 이 세상에는 인간의 이성으로는 포착할 수 없는 게 있다는 것을, 마법을 배우면서 알았지."

"그 엉터리 마법 레시피 같은 거? 이성 친구 마음을 사로잡는 식의······."

"조리법 자체는 엉터리일지 모르지만, 사람의 믿음은 가짜가 아니야."

"믿음이라고?"

"어떤 마법 주문이든 기도문이든, 그건 인간의 믿음을 전제로 하거든. 중요한 건 믿는 거야. 많은 이들이 믿는 것을 실제로 보고 있고."

"점점 어려워진다."

"잘은 모르지만, 용수라는 선배는 뭔가, 뭔가가 있을 거라고 생각해. 여자는 육감이라는 게 있거든. 그리고 너도 마찬가지이고."

"나한테 뭐가 있다는 거야? 난 사냥꾼이 아니라고."

그 말을 하고 나니 갑자기 힘이 빠졌다.

"사냥감일 뿐이지."

"쳇, 바보."

"뭐라고? 이 마녀가!"

"너 마녀라고 부르지 말랬지!"

혜영이가 눈을 세모로 떴다. 코끝이 빨간 게 눈에 들어왔다.

"용수 선배, 교실로 찾아가면 볼 수 있는 거지?"

"수업종 치면 사라지니까 못 볼 거야. 사진부 활동 했으니까, 학교 뒤쪽 동아리 건물을 뒤져 보거나, 아니면······."

"아니면?"

"딱히 집도 없다나 봐. 학교 뒷산 공터나, 한참 산으로 올라가면 나오는 오래된 폐가에서 잘 때도 있대."

"희한한 사람이네."

"그리고 무영아!"

"으응?"

"아까 그런 녀석들한테 기죽지 마. 그리고 이건 비밀인데……."

"비밀?"

혜영이가 수줍게 웃으며 말했다.

"여자애들이 너 귀엽대."

아무 말 없이 웃어 줬지만 갑자기 슬픔이 밀려드는 걸 막을 도리가 없었다. 공부 잘하고 인기 많은 여자애들은 남자들만의 이 세계를 결코 알 수 없을 거다. 이건 정말, 해결 방법이 없다. 담임도 마찬가지다. 하지만 정신을 아예 놓지는 말자고 생각했다. 그래, 적어도 혜영이가 볼 때는 말이다.

괴물의 이빨

　나는 이제 꿈에서 깨는 법을 안다. 일단 소리를 지르면 안 된다. 아무리 꿈속에서 누군가 괴롭혀도, 아무리 높은 곳에 올라가 있어도, 소리를 지르면 꿈에 더 깊이 빠져든다. 바이킹을 탈 때랑은 다르다. 바이킹은 소리를 지를수록 공포가 줄어든다. 한 가지 더, 땅이 아닌 하늘을 봐야 한다. 땅을 보면 높이를 실감하기 때문이다. 하지만 꿈에는 높이가 없다. 적어도 내 꿈에는, 끝없는 수렁이 있을 뿐. 그것을 높이 대신 깊이라고 말할 수 있을까? 꿈속에서 꿈이라는 걸 자각했을 때도 불안은 쉬이 줄지 않는다.

　전에는 꿈에서 깨는 법을 몰랐다. 꿈인 걸 알면서도 일진들에게 겁을 집어먹었다. 꿈인 걸 알면서도 반항 한 번 멋들어지게 하지 못했다. 깨는 방법은 한 가지, 꿈과 현실의 경계가 모호해졌을 때 내 뺨을 힘껏 때리는 것이다. 눈앞에 있는 잔영이 사라지면, 이내 내 방 천장이 보인다.

"어? 아빠?"

아빠가 내 손을 쥐며 말했다.

"꿈꾼 거냐? 왜 네 볼을 때리고 있어? 푼수같이."

"그냥 잠 깨려고."

나는 두 눈을 부비며 상체를 일으켰다. 창밖이 뿌옇게 흐렸다.

"이번엔 어디 갔다 온 거야?"

"포클레인."

그게 끝이었다. 이번에도 비정규직 노동자들의 집회에 다녀온 게 분명했다. 그들과 함께 타워크레인에 올라가 단식 농성을 하거나, 붉은 띠를 머리에 질끈 동여맨 채 비정규직 철폐를 외치다가 왔겠지.

"이번엔 이긴 거야?"

"노동자 하나가 자살 시도를 했지 뭐야."

"……."

나는 아무런 대답도 할 수 없었다. 자살 시도라니, 가족들은 어쩌란 말인가. 그런 내 표정을 읽었는지 아빠가 마른세수를 하며 말했다.

"당장 생계가 끊기면 굶어 죽는 거나 마찬가지니까. 그나저나 나무영, 고등학생 할 만하냐?"

"별로."

"괴롭히는 놈은 없고?"

아빠가 눈에 힘을 주었다.

"없어."

"얼른 씻고 밥 먹어. 아빠는 좀 자야겠다."

이불을 치우고 일어섰다.

아빠가 내 팔을 보더니 놀란 얼굴로 물었다.

"이 팔은 또 왜 그래? 싸웠어?"

"아니, 혼자 훈련 좀 했어."

"무슨 훈련?"

"샌드백 대신 벽돌을 좀 쳤거든. 별거 아냐."

아빠는 더 캐묻지 않았다. 나는 다친 손을 가슴에 끌어안고 화장실로 달렸다. 한 손으로 세수를 하고, 한 손으로 이를 닦았다. 여러 가지로 불편했지만 어쩔 수 없었다. 그보다는 학교 갈 생각을 하니 겁부터 났다. 한수를 어떻게 본담? 또 불곰한테는 뭐라고 얘기하지? 머리가 복잡했다.

교복을 갈아입으려고 방에 돌아왔는데, 어제 끼적이다 만 메모가 눈에 들어왔다. 그런데 뭔가 낯설었다. 하나였던 동그라미가 두 개가 되었다. 그리고 '바보 나무영'이라고 써 놓은 글귀 오른편엔 '진짜 나유영'이라고 씌어 있었다.

62

덧붙여 교차되는 지점에는 깨알 같은 글씨로 '분노'라고 적혀 있었다. 도대체 이게 무슨 조화지? 좀 전에 들어온 아빠가 이런 걸 적어 놓았을 리는 없었다. 아빠는 수학은 젬병이라고 했으니까. 그런데 나 유영은 또 누구지? 내 이름을 잘못 표기한 건가? 그보다 더 작은 글씨로 왼쪽 동그라미에는 '겁쟁이'라고, 오른쪽엔 '전사'라고도 적혀 있었다.

"그건 내 이름이야."

누군가 내 귓불에 대고 속삭였다. 하지만 방에는 나 혼자뿐이었다. 이제 환청까지 들리나?

"빨리 나와! 누구야?"

내가 소리치자 엄마가 달려왔다. 엄마는 잔뜩 걱정스런 얼굴로 내 이마를 짚었다.

"무영아, 괜찮은 거니?"

"그럼요. 엄마 아들은 멀쩡하답니다."

누군가 내 대신, 내 속에서 말했다. 그 무언가는 엄마 손을 피해 고개를 주억거렸다.

아침 밥상으로 내가 좋아하는 부대찌개가 올라왔지만 먹는 둥 마는 둥 하고 집을 나섰다. 도살장에 끌려간다는 표현은 너무 식상한데. 그래, 철창이 둘러싸인 격투기장에 들어서는 신참 파이터 같은 느낌이랄까.

교실에 들어서기 전에 먼저 사진부실을 찾아보았다. 하지만 이른 아침이라 동아리방은 대부분 잠겨 있었다. 이대로 뒷산 공터에 오르면 지각할 게 뻔했다. 그럼 2학년 교실을 뒤져 볼까? 혜영이가 묘사한 걸 종합하자면 괴물 사냥꾼이라는 작자는 한눈에 알아볼 수 있을 정도로 생김새가 눈에 띌 것이다.

본관에 들어서자마자 2층으로 올라갔다. 2학년 1반부터 10반까지 교실 이곳저곳을 차례로 둘러본다. 괴팍하게 생긴 선배들을 중심으로 안면을 살폈다. 몇 번이고 눈이 마주쳤다.

"너 뭔데 여기서 얼쩡거려?"

고릴라같이 생긴 선배 하나가 눈을 부라린다. 괴물 사냥꾼을 찾는 것을 포기하고 1층으로 줄행랑을 쳤다.

"무영아, 왔어?"

혜영이가 반갑게 손을 흔든다. 오늘은 갈색 망토가 아닌, 분홍 망토를 입고 왔다. 나도 손짓을 했다. 뒷자리에 앉아 가방을 끌렀다.

"2학년 교실 좀 찾아봤는데, 용수는 안 보이더라."

"그래?"

혜영이가 뒤를 돌아본다.

"뒷산 공터나 사진부실은?"

"동아리방은 다 잠겨 있고 공터는 아직······."

"내가 볼 땐 거기야. 여자의 직감이지. 거기서 여윈잠이나 자고 있을지 모르겠다. 아니면 괴물과 놀지도."

혜영이는 의미심장한 눈짓을 하며 두 손을 들어 덮치는 시늉을 했다. 고약한 계집애 같으니라고. 하지만 그 와중에도 내 신경은 온통 뒤쪽에 가 있었다.

"한수 왔니?"

뒤돌아보지 않은 채 혜영이에게 물었다.

"아니, 아까 교무실에서 봤는데?"

잠시 뒤 불곰이 한수를 데리고 들어왔다. 왁자지껄하던 교실이 한 순간에 조용해졌다. 담임은 마치 어미곰이 아기곰의 목덜미를 물고 이동하듯 한수의 목덜미를 잡아끌었다.

"한수가 여러분에게 할 말이 있단다."

불곰이 인상을 쓰며 영역 표시를 하듯이 좌중을 휘 둘러보았다. 그러곤 한수의 등을 떠밀었다. 한수가 교탁 위에 섰다. 한수는 당혹 감과 민망함이 섞인 복잡한 얼굴로 고개를 갸웃거렸다. 불곰이 한 번 더 눈을 부라리고 나서야 띄엄띄엄 말을 꺼냈다.

"여러분, 여러 가지로, 제가 과하게 행동한 게 있어서, 아니 나쁘게 한 것도 있어서, 사과하려고, 아니 사과합니다. 앞으로는, 아니 이제 부터는, 안 그러겠습니다."

한수가 고개를 숙였다. 돈은 나한테만 뺏은 게 아닌 모양이었다.

"앞으로 또 그러면 넌 나한테 죽는다."

불곰이 해머 같은 주먹을 쥐어 보였다.

"왜 대답이 없어?"

"어이쿠. 네, 알겠습니다."

한수가 연거푸 고개를 숙였다. 한수는 자리로 들어가면서 나를 힐 끗 보았다. 소름이 돋았다. 나뿐 아니라, 몇 명을 콕 집어서 보는 듯 했다. 한수의 입꼬리는 올라가 있었다.

점심을 먹지도 않고 뒷산 공터로 내달렸다. 차라리 수업 시간엔 선 생님이 있어서 마음이 놓였다. 하지만 쉴 때는 어떤 일이 벌어질지 알 수 없었다.

"어딜 그렇게 급하게 가?"

현동이가 뒤에서 소리쳤다. 나는 돌아서서 멋쩍게 웃어 주었다. 체 육관에서 있었던 일을 돌이켜 보건데 현동이에게는 뾰족괴물이 보이 지 않는 게 분명했다. 괜히 이런 일에 현동이를 끌어들였다가 또 경기 를 일으키게 해서는 안 된다.

"아무것도 아니야. 그보다 너 감기 걸릴라."

엉겁결에 두른 목도리를 풀어 현동이의 목에 감아 주었다. 현동이 는 마지못해 고개를 끄덕였다. 꽃샘추위 때문인지 봄바람이 차디찼 다.

뒷산이라기보다는 동산이라고 해야 맞을 듯싶었다. 이름도 학교를 설립하신 분의 호를 따서 청심동산이라고 했다. 맑을 청(淸) 자에 마 음 심(心) 자를 쓴다나. 이곳에 오르면 마음이 맑아진다고 선생님들이 얘기하는 이유도 그 때문이다.

하지만 지금 내 마음은 탁하다. 탁해도 너무 탁하다.

공터 주위로는 이름 모를 나뭇가지들이 잔뜩 드리워졌고, 왼쪽에는 넝쿨지붕과 넝쿨벽이 만들어지게 기다란 봉을 몇 개 세워 놓았다. 언뜻 보면 게임 속 벙커 같기도, 작은 아지트 같기도 했다. 넝쿨의 틈새로는 운동장이 내려다보였다.

한 발짝 다가가 넝쿨집 안을 들여다보니 누군가 팔베개를 한 채 나무의자에 드러누워 있었다.

"저기……."

짧은 머리에 오똑한 콧날, 눈물기가 맺힌 깊고 푸른 눈, 우윳빛을 띤 창백한 피부색, 누워 있는데도 훤칠해 보이는 신장, 생김새로 봐서는 혜영이에게 들은 괴물 사냥꾼과는 전혀 딴판이었다.

"용수 선배?"

그가 나를 힐끗 보았다.

"무슨 일?"

긍정도 부정도 하지 않고 그가 되물었다. 맞구나. 혜영이 말대로 여기에 있었구나. 하지만 사냥꾼이라기보다는 순록이나 백로같이 고결한 사냥감에 가까워 보였다.

"저는 1학년, 나무영이라고 합니다. 선배가 귀신을 본다고 들어서요."

그 말에 사냥꾼이 고개를 돌려 나를 살폈다.

"귀신 같은 소리 하네. 아니거든?"

"괴물 사냥꾼 아니세요?"

"누가 그러는데?"

"맞잖아요."

"귀신과 괴물은 다르거든?"

그는 두 눈을 감아 버렸다. 그러고는 햇살이 가득한 운동장 쪽으로 돌아누웠다. 빛살을 머금은 넝쿨집이라니……. 기괴하면서도 신비로운 느낌이 들었다. 밖에서 볼 땐 괴물의 집 같아 보였는데 안으로 들어서니 아늑했다. 밥을 해치우고 나온 남자애들 몇이 농구 코트를 선점하려고 뛰는 모습이 내려다보였다.

"이 사진기로도 귀신이 찍히나요?"

"만지지 마!"

그가 벌떡 일어서서 머리맡에 두었던 사진기를 잡아챘다. 무슨 말을 붙여도 차가운 반응뿐이었다. 나도 괜히 심술이 나서 그대로 돌아서고 싶었다. 하지만 이 말만은 꼭 해야 했다.

"다름이 아니라 뾰족한 것들 때문에 찾아왔어요. 눈코입도 없는 귀신은 더 무섭잖아요. 그것들이 사방에서 저를 옥죄어요. 제가 과녁도 아닌데 날아와 꽂힌다고요."

그가 다시 내 쪽으로 돌아누웠다. 심드렁하게, 나무늘보처럼 천천히. 여전히 눈은 감은 채로.

나는 계속 말을 이었다.

"그런 거 본 적 있어요? 그것들이 저한테 꽂혔을 때야 그게 이빨인 걸 알았어요. 단순히 뾰족한 무엇이 아니라, 이빨요. 그럼 그 공간은 괴물의 입이 되는 거예요. 고래에게 먹힌 피노키오도 아니고, 저

68

는 나무인형처럼 꼼짝없이 굳어 버려요. 괴물은 잘근잘근 저를 씹는 다고요. 그래 본 적 있냐고요!"

그가 다시 한쪽 눈을 뜬다. 감색 교복 재킷 안으로 흰 난방이 말려 올라간 게 눈에 들어온다.

"뭐라고?"

그는 나를 빤히 올려다보았다. 한걸음 더 다가가 등받이 없는 바로 옆 나무의자에 앉았다.

"이상하군."

그가 고개를 끄덕였다.

"공격당한 흔적이 보이긴 보이네."

"정말요?"

"너뿐이 아냐, 그 뾰족괴물에게 당한 녀석이. 중요한 건 괴물이 아 니라 숙주야."

"숙주라고요?"

"너 귀신 붙은 사람이라고 들어봤어?"

"네."

"악한 귀신들은 사람을 베이스캠프로 삼고 활동하지. 뾰족괴물은 자신과 가장 염(念)이, 그러니까 코드가 비슷한 녀석에게 깃들어 있을 거야. 녀석이 지저분한 행동을 하면 할수록 더 세를 확장하여 아이 들에게 달려드는 거지."

"그 귀신을 퇴치하려면……."

"숙주를 찾아야지."

"찾으면요?"

"그거야 네가 알 바는 아냐. 내가 알아서 하지."

"굿을 하신다고……."

"나는 그런 거 안 해. 내림굿도 안 받았고."

"아버님이 박수무당이라고 들었어요."

"그랬지. 모시는 신에게 자살을 명 받기 전에는. 물론 그전에 거역한 부분이 있어서 그랬지만."

"신을 거역했다고요?"

"그 신이 아들인 나에게 내림굿을 하라고 지시했거든. 자신보다 강한 장군신이 내게 들어오고 싶다고 했다나. 일찌감치 나는 그 귀신을 봤거든. 엄청났지. 불법을 수호한다는 사천왕 따위는 저리 가라였으니까. 하지만 나는 아버지가 싫어서 아예 교회에 나갔어. 결국은 국어시간에 배운 김동리의 소설 《무녀도》처럼 되어 버리고 말았지만……."

말을 마치기가 무섭게 사냥꾼이 왼쪽 가슴을 틀어쥐고 몸을 웅크렸다. 그렇게 몇 번 몸을 뒤집더니 의자 밑으로 떨어졌다. 깜짝 놀라서 사냥꾼을 붙들었다.

"내버려 둬. 이건 내 문제야."

"그래도……."

"처음엔 그냥 무병(巫病)이었는데, 신 내림을 거역하고부터는 천형이 되었다고 할까. 지금은 육체의 가시고."

"그래서 아버지도……."

"신을 모독한 죄는 생각보다 컸지. 아무튼 그건 아버지만의 문제였을 뿐 단독자로서 나와는 상관없는 일이야. 물론……."

그는 몸을 추스르고 일어섰다. 나보다 머리 하나가 더 있다고 할까. 그가 무연한 눈으로 운동장을 내려다보았다.

"슬픈 일이었어."

무서운 마음도 안쓰러운 마음도 들었지만, 다급한 마음이 먼저였다. 그의 왼팔 소매를 붙들었다.

"도와주시는 거죠?"

"마음이 내키면."

그는 돌아서서 학교가 아닌 뒷산 쪽으로 걸었다.

"선배가 무슨 그 모양이에요? 겁쟁이 아니에요?"

혜영이가 뒤에 와 있었다. 교복 위에 걸친 망토 모자를 뒤집어쓴 채로. 용수 선배가 가만히 돌아섰다. 한동안 혜영이를 바라보던 용수 선배의 눈이 커졌다.

"가끔 제가 아끼는 눈깔사탕을 드릴게요. 계피, 산딸기, 오렌지, 바닐라 맛까지 다 있어요. 협상의 여지는 없어요. 그런 줄 아세요."

"이거 참 어이없고, 또 어려운 제안이군."

그가 뒷머리를 긁적였다.

"거기에 숙녀의 관심도 드릴게요."

혜영이 맑게, 그러나 바보같이 웃었다.

그 말에 용수 선배가 고개를 흔들었다.

"일단 숙주를 이걸로 좀 찍어 보고, 잡은 후에 받을 건 받자고."

그가 낡은 카메라를 툭툭 쳤다. 누가 봐도 오래된 필름카메라인 걸 알 수 있었다.

"근데 괴물과 귀신은 어떻게 다르죠?"

혜영이가 물었다.

"조금 헷갈려서요."

"같은 거야. 다만 다른 것은, 귀신은 죽은 혼이 한을 머금고 화한 것이지만……."

혜영이와 내가 동시에 물었다.

"괴물은요?"

"살아 있는 인간이 어떤 강렬한 사념(邪念)으로 만들어 낸 거야. 괴물을 탄생시킨 녀석은 한 명일 수도 있고, 그 이상일 수도 있어. 물론 그 자신도 잘 모르는 경우도 많고."

"그렇군요."

내가 말했다.

"아무튼 고마워요, 선배."

"잡아 준다고는 안 했어. 그리고 앞으론 선배란 말도 빼. 존댓말도 하지 말고 그냥 용수라고 불러."

반말을 하라고? 게다가 이름을 그냥 부르라고? 나와 혜영이는 말문이 막혀 서로 쳐다보았다. 용수가 말했다.

"우리는 그냥 다 친구잖아. 유교문화는 아주 질색이야. 그나마 너, 너 이름이 뭐지?"

"혜영이요. 이혜영."

"그래. 너같이 마녀 같은 애가 훨씬 낫지. 난 제도를 못 견디거든. 일종의 혐오증이 있어."

선배는, 아니 용수는 몸을 떨며 진저리를 쳤다.

"귀신도 괴물도, 본다는 것은 산 것이든 죽은 것이든 혼백을 감지하고 소통한다는 얘기야."

혜영이와 나는 무슨 말을 해야 할지 몰라 멍하니 섰다. 용수 선배는, 아니 용수는 허리를 낮추어 내 눈을 들여다보았다.

"이상할 건 없어. 너는 네 생각대로 흘려버리면 그만이야. 내 생각에 긍정하거나 부정할 필요도 없어. 다만 무엇에든 노예가 되지 않았으면 해."

나는 침을 삼켰다. 용수의 눈이 이번에는 내시경 카메라처럼 내 목구멍을 따라 밀려들지도 모른다는 위압감이 들었다. 용수가 눈을 한 번 깜빡이자, 뱃구레가 찌르르 아파왔다. 무슨 말을 건네야 할지 몰라 나는 벌집을 놓친 곰처럼 혀로 입술만 쓸었다. 용수가 씩 웃었다.

"얽매인다는 것은, 얽매인다는 것이거든."

나는 무슨 대답을 해야 할지 몰라 머뭇거렸다. 혜영이도 마찬가지였다. 얼마쯤 침묵이 흘렀을까, 혜영이는 먼저 침묵을 깨고 용수의 어깨너머로 눈깔사탕 하나를 내밀었다.

"이건 멜론 맛이에요."

용수가 고개를 돌리자 혜영이는 그의 옆구리를 토닥이며 혀를 쏙 내밀었다.

"메롱이 아니라 멜론이에요. 희귀한 거라 아까 말 안 했어요."

혜영이에게도 이상한 힘이 있다. 그 말을 듣고 용수가 피식 웃었다. 나도 어이없어서 따라 웃었다.

용수가 말했다.

"혜영이 너는 내 말을 알아들은 모양이군."

혜영이의 두 눈이 딱 멜론만 해졌다.

"저도 귀가 있거든요?"

용수의 두 눈도 호두알 정도는 되었다. 그가 재미있다는 듯이 좀 더 크게 웃었다.

"그럼 오랜만에 사냥이나 시작해 볼까?"

이번에도 혜영이와 나는 동시에 되물었다.

"도와주시는 거예요, 선배?"

용수가 도리질을 치며 다시 말했다.

"말 놓으라고, 앞으론 친구니까."

괴물 사냥을 시작하다

드디어 괴물 사냥이 시작되었다.

용수는 사진기를 들고 학교 구석구석을 찍으러 다녔다. 그런 용수를 본 선배들 몇이 수군거리는 걸 얼핏 들었다.

"학교에 뭔가가 있긴 있는 모양이군."

"그건 모르겠고, 피하는 게 상책이야."

용수는 사진만 찍는 게 아니라 보이지 않는 무언가와 대화를 나누었다. 그 무엇에게 호통을 치는가 하면 낮은 목소리로 타이르기도 했다. 학생들은 정작 괴물보다는 그런 용수의 기괴한 모습을 더 두려워했다. 하지만 나는 그 모습이 듬직해 보였다. 용수는 사흘쯤 지난 뒤부터는 어느 정도 괴물의 특성을 파악했다고 했다. 마침내 우리는 청심동산에서 작전회의를 열었다.

"뾰족괴물은 말 그대로 뾰족한 마음에서 비롯된 거야."

용수가 혜영이와 나에게 말했다.

"뾰족한 마음?"

혜영이가 되물었다.

"그러니까 어떤 녀석이 삐뚤어진 마음을 강하게 품고 있어서 그런 괴물이 생겨났다는 거야?"

나도 끼어들었다.

"우리 학교에 깡패 같은 애가 있다는 거지?"

짐작 가는 놈이 있었다. 용수도 고개를 끄덕였다. 하지만 아직 확신할 순 없었다.

"중요한 건 숙주 자신이 아니라, 거기서 솟은 뾰족괴물을 보는 아이들도 걱정이라는 거야. 어떤 이에게는 안 보이는 게, 왜 어떤 애들에게는 보일까? 그건 그만큼 뾰족한 것, 그러니까 폭력적인 것에 두려움을 가지고 있어서 괴물에 민감한 거지."

용수가 덧붙였다.

"거기에 대한 분노일 수도 있고."

그렇다면 현동이한테는 왜 뾰족괴물이 안 보였던 거지?

"자자, 뾰족괴물의 신상은 이쯤 해두고, 지금부터 우리가 할 일은 괴물을 잡는 거야. 물론 잡는 건 내가 하겠지만 너희들이 좀 도와줘야겠어."

혜영이의 눈이 반짝였다.

"와우, 괴물 퇴치라니!"

내가 말했다.

"어떻게 도우면 되는데?"

"나는 숙주를 상징적으로 위협할 거야. 이를테면 뾰족한 사념을 만들어냈으니, 그걸 갈아엎을 것처럼 이 대패로 문지를 거야."

"대패라고?"

혜영이는 깔깔거리며 대패를 받아들었다. 그것은 말 그대로 그냥 대패였다.

"대신 너희들이 숙주는 물론이고 주변인들 주의를 딴 데로 쏠리게 해 줘야겠어."

"마술할 때 도우미를 두듯이? 나처럼 예쁜?"

혜영이가 두 눈을 깜빡거리면서 말했다. 동의를 구하는 표정으로 나를 돌아보았다. 나는 애써 그 시선을 외면하고 되물었다.

"어떻게 끌면 되는데?"

"무영이 네가 숙주에게 시비를 걸어 줄래?"

"그러고 나면?"

"내가 녀석의 뒤쪽에서 이 대패로 괴물을 잡을게."

"그럼 예쁜 나는?"

"내가 숙주를 포획하면 넌 숙주의 눈을 가려 줘. 그러면 방향추를 잃은 뾰족괴물이 녀석에게서 빠져나올 테니까."

"그거야 자신 있지."

"내가 포착한 숙주는 바로 이 녀석이야. 누군지 좀 알아봐 줄 수 있겠니?"

용수가 자신의 필름카메라로 찍은 사진을 내밀었다. 나와 혜영이는
그 사진을 보자마자 서로 마주보았다.

그는, 예상했던 대로, 한수였다.

그때부터 용수는 사진기 대신 사포랑 대패 그리고 끌을 들고 다녔
다. 용수는 우선 사포로 학교 구석구석의 모난 부분이나 튀어나온
부분을 사포질했다. 책걸상은 기본이고 운동장의 기구들과 말도 안
되는 철봉이나 정글짐까지 문질러댔다. 나는 쉬는 시간이나 점심시
간, 방과 후엔 여지없이 괴물 사냥꾼을 쫓아다녔다. 그 편이 한수 패
거리랑 혼자 맞닥뜨리는 것보다는 안전하게 여겨졌다.

잠잠하던 한수가 활동을 개시한 것도 그때쯤이었다. 용수가 사포
질을 그만두고 대패질을 시작했을 때였다. 용수는 이번에는 아예 뾰
족한 부분이 사라질 때까지 나무를 깎았다. 그 와중에도 교무실에
서너 번이나 불려갔다.

"야, 거기서 혼자 뭐 하냐?"

갑자기 커다란 손이 뒤에서 내 어깨를 틀어쥐었다.

"요새 선배 따라다니느라 힘들지? 근데 따라다니지 마라, 미친 새
끼니까."

돌아보니 한수가 후덕한 웃음을 지으며 날 내려다보았다.

용수가 뒤쪽에서 눈짓을 했다. 난 혜영이에게 미리 찍어 둔 문자를

보냈다. 겁이 덜컥 났지만 공개사과를 한 마당에 나쁜 짓은 안 하겠지 싶어 용기를 냈다.

"무슨 일인데?"

인상을 써 본다.

"무슨 일이긴, 알면서."

한수가 또 한 번 후덕하게, 아니 의미심장하게 웃었다.

나도 모르게 눈을 내리깔았다. 주먹을 꼭 쥔다.

"나쁜 짓은 안 하기로 했잖아."

"그래. 그러니 너한테 부탁하는 거 아니냐. 배고파서."

"그래도……"

한수는 웃기만 했다. 정작 눈을 부라린 이들은 한수 뒤의 스팸과 주걱턱이다. 녀석들은 침을 여기저기 뱉어대거나 저희들끼리 어깨를 툭툭 치며 싸움을 하는 시늉을 했다.

싫다고 말해야 한다.

나는 한수를 올려다보며 말했다.

"얼마나 필요한데?"

"만 원?"

흐흐흐. 패거리들이 옆에서 바람을 불어넣는다. 나도, 나도. 주머니의 종이돈을 뒤적거린다. 한 장, 두 장 세어 본다. 다리에 힘이 들어갔다.

"그럼 만 대를 갈겨 주면 되겠군."

이번에도 내 속의 누군가가 뇌까렸다. 나도 모르게 두 손으로 입을 틀어막았다. 급하게 손을 빼는 바람에 지폐 몇 장이 밖으로 삐져나왔다.

그때였다. 한수의 눈이 번쩍 뜨인 순간, 혜영이가 달려들어 검은 마술모자를 한수의 머리에 씌웠다. 크기가 커서 한수의 눈두덩까지 덮고도 남았다.

"내가 진짜 돈을 뿌려 줄까?"

혜영이는 의미심장하게 웃더니 엄지와 검지로 딱 소리를 냈다. 그러자 정말로 모자 안에서 푸른 지폐가 쏟아져 나왔다.

"호오, 배추 잎이군. 배추 잎이야."

한수가 휘청거리면서 두 손을 마구 휘저었다. 한수 패거리들이 달려들어 모자를 벗기려 했지만, 그 앞을 이번엔 용수가 가로막았다.

"찾았다, 괴물."

용수가 패거리를 노려보자, 스팸과 주걱턱이 우물쭈물하면서 뒤로 물러섰다.

"귀여운 곰돌이의 어깨에 붙어 있을 줄이야."

용수가 한수의 어깨를 왼손으로 찍어 누르고 무릎 뒤쪽을 발끝으로 후려 찼다. 큰 신장에서 오는 위압감은 상당했다. 한수는 반항 한 번 못하고 그대로 무릎을 꿇었다. 힘을 써서 용수의 손길을 뿌리쳐 보려고 했지만 먹히지 않았다.

"너, 너는 뭔데?"

한수 패거리들이 마음을 다잡아 용수를 제지하려고 달려들다가 흠칫 놀랐다.

"아니, 선배님은?"

용수가 인상을 쓰자 녀석들이 슬금슬금 뒤로 물러섰다. 점심시간이 끝나갈 무렵이었지만, 아이들은 용수의 마술쇼를 보려고 빙 둘러선 채 교실로 들어갈 생각을 하지 않았다.

"괴물이 여기 붙어 있군."

괴물 사냥꾼, 용수가 음산하게 웃으며 대패를 한수 앞에 들이밀었다. 잔뜩 겁을 집어먹은 아기곰이 사냥꾼 앞에서 벌벌 떨었다.

"바로 여기."

그는 대패를 한수의 왼쪽 어깨에 댔다. 겁에 질린 한수가 소리를 질렀다. 한수의 입에서 침이 흘러내렸다. 돼지를 잡는 소리가 이만할까? 한수의 눈동자에서 초점이 보이지 않았다. 녀석은 지금 공포의 늪에서 허우적거리는 중이리라.

용수가 말했다.

"좀만 참아. 여기 붙은 괴물만 떼어 내면, 괜찮아질 거야."

"사, 살려 주세요. 제발."

한수가 울부짖었다. 한수의 바지가 축축해졌다. 오줌이 흘러내리는 게 보였다. 용수는 아랑곳 않고 한수의 셔츠 컬러 부분을 잡아 뜯었다. 그러고는 한수의 맨 어깨에 대패를 댔다.

"악, 아악!"

용수가 씩 웃으며 자세를 잡고 대패를 확 잡아당기는 시늉을 했다. 그와 동시에 한수는 건전지가 멈춘 장난감처럼 푹 엎어졌다. 기절한 듯했다. 용수는 그제야 대패를 바지춤에 욱여넣고 멀리서 두려움에 떨며 이쪽을 살피던 패거리에게 손짓했다.

"양호실로 데려가."

주위에 둘러선 아이들 몇은 박수를 쳤고, 몇은 겁을 먹었는지 뒤로 물러섰다.

"숙주를 무력화시켰으니 이제 나올 거야."

용수가 내 눈을 보았다. 검은자위가 유독 진하게 보였다. 반질반질 하게 닦은 바둑돌 같았다.

여자애들은 연예인을 본 듯 환호했고, 한둘은 놀라서 훌쩍였다. 그러나 신기했다. 그 순간 정말로 한수의 어깨에서 뾰족괴물이 솟구쳐 오르는 게 보였다. 모서리에서 피어오르던 뾰족한 괴물이 쐐액 소리를 내지르며 저희들끼리 나선형 모양을 만들었다. 몇몇 아이들의 눈에도 그게 보였는지, 그걸 본 아이들은 놀라서 교실로 내달렸다.

"이번엔 빛의 사슬로 괴물을 잡아 볼까? 이 정도 플래시는 귀신도 무서워하겠지."

다음 순간 용수는 사진기의 셔터를 눌러댔다. 플래시가 터질 때마다 뾰족괴물이 하나둘 공중의 한 자리에서 녹아 내렸다. 정말이지 녹아서 흘러내린다는 표현이 맞았다.

그건 정말, 어떤 퍼포먼스 같기도 했고, 굿판을 벌이는 것 같기도 했다. 무당이 펄쩍펄쩍 뛰는 것처럼 이상하진 않았지만, 뾰족괴물이 보이지 않는 아이들 입장에서는 팬터마임을 하는 것처럼 보일 것도 같았다.

하지만 용수는 스스로 무언극의 흥을 깨고 말을 꺼냈다.

"학교는 너희들이 올 곳이 아니다. 귀여움을 받으려면 지뢰밭 정도에 가서 놀아라."

한없이 공허하고 쓸쓸하게 느껴지는 목소리였다. 그 말에서 어떤 파동이 생겨난 듯 흘러내린 뾰족괴물은 와이퍼에 씻긴 빗물처럼 서서히 사라졌다.

다음으로 용수는 한쪽 무릎을 꿇고, 괴물이 사라진 자리를 손으로 쓸었다. 흙 묻은 손을 모아 기도하는 시늉을 했다. 그러더니 한쪽 손을 뻗어 모래알을 흩뿌렸다. 나 역시 두 눈을 깜빡이며 사방을 둘러보았다. 괴물의 이빨은 정말 보이지 않았다.

아니, 당장은 사라진 것처럼 보일 수도 있으리라. 몇몇 아이들은 용수의 행위예술에, 몇몇 아이들은 용수의 괴물 사냥에 박수를 치거나 넋을 잃었다. 혜영이는 전자였고, 나는 후자였다.

"야, 너 따라와!"

소동이 잦아들 즈음 불곰이 달려와 소리쳤다. 용수가 나를 돌아보며 웃었다. 한편 무섭고, 한편 미안했다. 용수는 불곰에게 이끌려 교무실로 갔다.

"뭔가가 번쩍한 것 같은데 뭔지 모르겠다."

"플래시 불빛 말이야?"

"아니……. 어쨌든 대패는 너무했다."

혜영이는 눈깔사탕을 깨물며 말했다. 색깔이 노란 걸 보니 이번 건 레몬 혹은 바나나 맛인 듯했다.

"교무실에 가 볼까? 용수는 괜찮겠지?"

내가 말하자 혜영이의 눈이 동그래졌다.

"그래, 어찌하고 있나 밖에서라도 한번 보자."

"뛰자."

교무실 창문 앞에서 우리 둘은 나란히 발꿈치를 들었다.

"이게 무슨 시금떨떨하고 괴상망측한 굿판이야?"

교무주임답게 불곰이 용수를 몰아붙였다.

"뭘 말이죠?"

용수가 되물었다.

"환경미화를 했을 뿐입니다."

"환경미화?"

불곰이 대패를 가로챘다.

"이걸로 학생들 위화감이나 조성하고."

"그랬다면 죄송합니다. 몰랐습니다."

"모르긴, 이놈아. 너 아직도 버릇 못 고친 거야?"

불곰의 말에 혜영이의 눈이 번쩍 뜨였다. 혜영이와 나는 마주보며 고개를 갸웃거렸다. 혜영이가 말했다.

"버릇이라니, 전에도 그랬단 얘긴가?"

"괴물 사냥꾼이라고 네가 그랬잖아. 이런 사냥을 많이 했단 얘기겠지. 당연히 선생들이 좋아할 리 없잖아?"

불곰은 들고 있던 대패를 직접 자신의 책상에 문질렀다. 마감 질이 잘된 나무책상의 표면도 여지없이 쓸려 나갔다. 껍데기가 벗겨진 자리가 꺼끌꺼끌했다. 불곰의 눈이 더 커졌다.

"이런 위험한 물건을……."

"이 정도는 되어야 뾰족한 부분을 닦아내죠. 그런데 부딪치는 학생들이 많습니다. 또 잔가시 때문에 손에 티눈이 생기는 아이들도 많고요."

더 이상 말이 안 통한다 싶었는지 용수가 입을 다물고 고개를 옆으로 돌렸다. 그런 용수의 어깨를 불곰이 잡아 눌렀다.

"엎드려, 이 자식아!"

"네?"

"엎드리라고!"

불곰이 괴물 사냥꾼의 등짝을 후려쳤다. 용수가 교무실 바닥으로 패대기쳐졌다. 다른 선생님들은 혀를 끌끌대며 바라볼 뿐이었다. 불곰은 긴 대패의 뒷면으로 용수의 머리를 후려쳤다. 딱 소리가 복도까지 들려왔다. 용수는 아픈 시늉도 하지 않고 아랫입술을 깨물었다.

"귀신인가 뭔가를 사냥한다고?"

불곰은 자신의 안테나 끝을 잡아 길게 뽑았다. 그러더니 용수의 허벽지 부분을 사정없이 연거푸 내려쳤다.

열 대쯤 쉴 새 없이 매질을 했다.

"귀신이 뭐래디? 내가 안테나 뽑아 줬으니 들릴 거 아냐?"

용수는 자세를 흩뜨리지 않고 벌게진 얼굴로 땅만 보았다. 다리가 후들거리는 게 보였다. 불곰은 다시 열 대를 때렸다. 이번에도 용수는 움직이지 않았다.

"하, 이 녀석 봐라. 반항하는 거냐? 안 아프다 이거지?"

불곰이 다시 열 대를 쳤다. 용수의 앙다문 입술도 부르르 떨렸다. 온몸에서 흘러나온 땀이 턱 끝에 고였다. 때마침 수업종이 울리지 않았다면 불곰은 용수의 다리가 부러질 때까지 안테나를 휘둘렀을지도 모른다.

"끝나고 남아. 아직 끝나지 않았어."

불곰이 안테나를 밀어 넣으며 이쪽을 힐끗거렸다.

"그리고 거기 반장, 혜영이 너는 한수 양호실서 깨어나면 교무실로 오라고 해. 다음 차례는 그 녀석이니까."

혜영이는 퍼뜩 놀라서 대답했다.

"네, 알겠습니다. 선상, 아니 선생님."

불곰이 수학책을 들고 나갔다. 혜영이와 나는 교무실에 들어가 용수를 부축했다.

"괜찮아?"

혜영이가 말했다.

"근데 왜 때린 거지?"

"위화감 조성."

용수가 말했다.

"잘못한 건 잘못한 거지. 체벌이 지나칠 뿐."

용수의 두 팔을 하나씩 잡고 혜영이와 내가 힘주어 일어섰다. 그러나 용수는 다리가 풀려서 다시 주저앉았다. 회색 바지의 허벅지 부분이 발갛게 젖어들었다.

"어머, 이거 땀이니?"

혜영이가 호들갑을 떨었다.

"아니지? 빨갛잖아. 봐 봐."

"젠장."

용수가 한숨을 쉬었다.

"의자에도 못 앉겠네."

"양호실부터 가야지. 내가 업을게."

나는 용수 앞에 앉아 등을 내밀었다. 내가 업을 만한 체구가 아니었지만, 어떻게든 그를 부축하고 싶었다.

"아니야. 걸을 순 있을 것 같아. 무영아, 어깨 좀 빌려 주라."

"그래."

혜영이가 내게 말했다.

"먼저 가고 있어. 나는 반에 가서 선생님한테 말하고 올게."

"알았어."

용수는 오른팔을 내 어깨에 두르고 힘주어 일어섰다.

"너도 팔이 성치 않은데 괜찮겠어?"

"한 팔로도 부축할 수 있어."

"고맙다."

"그건 내가 할 말이지. 괴물을 잡아 주었으니."

"아니야."

용수가 말했다.

괴물의 뱃속

괴물을 사냥한 용수는 우리에게 두 가지 모순되는 영향을 미쳤다. 우선 괴물을 없앴다는 안도감과 다음엔 어떤 괴물이 찾아올까 하는 불안감이었다. 또 하나는 괴물만큼 괴물을 잡는 자도 두려워하게 되었다는 점이다. 몇몇 아이들은 진짜 괴물은 용수라고 입을 모았다.

하지만 나에게 용수는 우상이 되었다. 정말 뾰족괴물이 보이지 않으니 마음이 편했다. 더불어 한수도 조용해졌으니 말이다.

"숙주가 정말 한수였던 거지?"

괴물 사냥이 끝나고 확인 차 용수에게 다시 물었다. 용수는 고개를 저었다.

"그럴 수도 있고, 아닐 수도 있지."

"그게 무슨 소리야?"

다시 긴장감이 일었다.

"숙주는 맞는데, 언제든 녀석들은 다른 숙주를 찾을 수 있다는 얘기야. 또 숙주는 한수뿐이 아니라……."

"그 주걱턱이랑 스팸에게도?"

"그럴 수도 있고, 아닐 수도 있지."

용수는 똑같은 말을 반복했다.

"내 말은, 더 있을 수도 있다는 얘기야. 요컨대 뾰족괴물은 하나의 지배욕과 싸움을 일으키는 마음에서 비롯된 사념이라는 거지. 그나마 학교에서 나타났으니 조금은 귀엽게 느껴질 정도야. 그런 게 다른 데서 나타나면 곧바로 칼부림 등으로 이어지기도 하거든. 어쨌든 그것이 교내에 돌아다닌다는 건 슬픈 일이야."

용수는 청심동산의 나무의자에 뻐딱하게 누워 다시 운동장을 내려다보았다. 궁금한 게 한두 가지가 아니었다. 나는 용수에게 다가가서 또 물었다.

"이 사진기가 괴물을 잡은 거야?"

"아니. 그냥 플래시 불빛이 필요했을 뿐이야. 빛의 점으로 몇 가지 기호를 그리고 싶었거든. 물론 광량이 많을수록 괴물을 묶어 두기에는 용이하지."

"부적같이?"

"그런 건 무당들이 만드는 건데, 부적이라기보단 괴물의 이름이라고 할까. 자신의 이름과 맞닥뜨리는 순간, 거기에 딱 묶여 버리고 말지. 한 번도 온전한 자신으로 존재한 적이 없던 허상들이니까 말이야. 그건 괴물을 보는 애들도 마찬가지."

"그럼 나도 가짜인가?"

용수는 다시 나를 돌아보았다. 흰자위가 보이니 한결 마음이 놓였다.

"괴물을 본다는 건, 그리고 그것을 두려워한다는 건, 괴물들에게 더욱 힘을 실어 주는 행위에 불과해. 그렇다고 안 볼 순 없지만. 그리고 본다면 무서운 게 당연하지만, 힌트를 주자면……."

"그게 뭔데?"

나는 귀를 쫑긋 세웠다. 용수가 내 귀에 속삭였다.

"다른 무엇이 아닌 네 자신으로 사는 거야."

이건 또 무슨 소린가? 나는 다시 고개를 갸웃거렸다.

"조금 피곤하네. 근데 수업 안 들어가?"

용수가 씩 웃었다.

그러고 보니 내가 본 게 정말 괴물이 맞을까 하는 생각도 들었다. 그 날선 이빨 같은 뾰족한 것들이 말이다. 그 거대한 실체가 입을 벌리고 있는 것 같은 공포를 정말 나는 느낀 것일까?

며칠이 지나서 또 다른 괴물을 보고 나서야, 나는 그게 진짜라는 것을 다시금 깨달았다.

쪽지시험을 준비하던 때였다. 불곰은 매 시간 열 문제씩 수학문제를 냈고, 틀리는 개수만큼 안테나로 손등을 때렸다. 그것도 손톱 부근을 말이다. 한참 수학공식을 끼적이며 문제풀이를 하고 있는데 갑자기 교과서가 찡그렸다. 정말로 책이 찡그렸다는 표현밖에 할 수 없었다. 점자책처럼 글자들이 오톨도톨 꿈틀거렸다.

"아악."

그러더니 이번에는 백지장 사이로 그것들이 책벌레처럼 기어 다니는 것이었다. 책벌레는 끝내 자신들에게 허락된 공간인 책의 빗금을 넘어 책상 위로 기어 나오기까지 했다.

그때부터는 주위의 모든 숫자와 기호가 외계의 언어, 혹은 바늘과 못처럼 느껴졌다. 그것들을 공책에 적으려고 하면, 그대로 튀어 올라 나를 찌를 것만 같았다.

뾰족괴물과는 또 달랐다. 교집합과 합집합을 나타내는 기호들까지 책에서 솟아올라 개목걸이처럼 나를 옭아맨다고 할까? 때로는 말발굽이 되어 나를 짓밟기도 했다.

벤다이어그램은 영락없는 쇠고랑이었다.

괴물의 위협은 다음 시간에도, 그 다음 시간에도 계속됐다. 장담컨대 시간이 지날수록 나처럼 땀을 쏟는 아이들이 늘어날 것이다.

"이게 뭐야?"

이번에는 혜영이도 소스라치게 놀랐다. 이내 멋쩍었는지 주위를 둘러보다가 고개를 숙였다. 잠시 나와 눈이 마주쳤다. 나는 말없이 고개를 끄덕였다.

"저리 가!"

현동이는 아예 교탁 위로 올라섰다. 현동이의 얼굴이 점점 더 벌게졌다. 나는 정신을 차리고 교탁으로 달려가 등을 내밀었다.

"현동아, 괜찮아. 그러다 떨어질라."

"이, 이건 왜, 왜 그래?"

현동이가 겁에 질려 다리를 벌벌 떨었다. 덩달아 교탁도 달달달 흔들렸다. 나는 우리 주위를 포위한 것들을 노려보았다. 그러자 글자로 이루어진 괴물들의 집합은 희미해지면서 사라졌다.

현동이를 업어서 자리에 앉히고 돌아와 마음을 가라앉혔다.

"너 눈에서 레이저 나올 거 같더라."

가까스로 안정을 취한 혜영이가 속삭였다.

하지만 괴물의 출현은 그것으로 끝이 아니었다. 수학 시간에는 수학 기호들이 포박해 오더니, 국어 시간에는 자음과 모음들이 포위망을 좁혀 왔다. 정상적인 글자의 조합이 아닌 제멋대로 얽히고설킨 그것들은 무슨 고대 문자 같았다.

글자괴물이라고 불러야 할까? 급기야 점심시간쯤에는 글자괴물들이 선을 넘어 교과서 밖으로 뛰쳐나왔고, 이내 저희들끼리 헤쳐 모여 허공에 문장을 만들었다.

영원한 저능아, 실패자, 그리고 패배자여.

헉! 나는 왼손으로 입을 틀어막았다. 그것도 부족해 붕대를 감은 오른손으로 왼손을 덮었다. 그것들은 이제 글자의 형상도 포기한 채 개미떼처럼 내게 달려들더니, 붕대를 감은 오른팔을 마구 물어뜯었다. 글자괴물은, 그러니까 언어충은 아예 내 몸속으로 들어올 기세로 팔뚝을 물어뜯었다. 정신을 바짝 차리고 왼손으로 오른팔을 내리쳤다. 괴물을 보지 못한 몇몇 여자애들은 주변에서 벌어지는 아이들의 소란에 놀라 소리를 질러댔다.

하지만 그것들이 내 책뿐 아니라 다른 아이들 책에서도 기어 나오는 것을 보았을 때, 더 이상 평정심을 유지할 수 없었다. 고통 속에서 팔을 감싸면서 혜영이를 불렀다. 혜영이는 사색이 되어 글자괴물과 내 얼굴을 번갈아보았다. 괴물은 혜영이의 손에도 달라붙어 있었다. 동시에 몇몇 아이들이 소리를 지르며 밖으로 뛰쳐나갔다.

이번엔 괴물의 이빨에 물린 게 아니라 아예 삼켜져서 뱃속으로 들어간 것 같은 갑갑함이 느껴졌다. 교실 바닥뿐 아니라 내벽과 천장을 온통 훈민정음이, 수학기호가, 알파벳이, 글자괴물들이 점령했다. 꼭 창자의 주름과도 같았다.

그러니까 난 이미 괴물에게 먹혀 뱃속에서 소화되고 있는 것이다. 정말 그게 맞았다. 얼마 전까지만 해도 뾰족괴물, 그러니까 괴물의 이빨을 퇴치했다고 좋아했지만, 물리친 게 아니었다. 왜냐하면 나는 이미 먹혀서 소화되고 있으니까. 괴물의 뱃속에서 위산 같은 언어충이 내 영혼과 몸체를 서서히 갉아먹고 있으니까 말이다.

이런 사태인데도 몇몇 아이들은 멀쩡했다. 괴물에게 소화되고 있는데도 그걸 알지 못하는 게 분명했다. 고통도 느끼지 못하는 것 같았다.

혜영이도 급하게 밖으로 달려 나갔다. 용수를 부르러 간 것일까? 잠시 뒤 발자국 소리가 들려왔다. 신기하게도 글자괴물들은 그 장단에 맞추어 교과서로 다시 기어 들어갔다.

"무슨 일이야?"

불곰이었다. 그 뒤로 혜영이가 쫓아 들어왔다.

"이상한 벌레가 있어요!"

혜영이는 책과 책걸상들을 가리켰다. 긴장한 불곰이 주위를 살피더니 갑자기 웃음을 빵 터뜨렸다.

"으하하하. 녀석들아, 바퀴벌레가 뭐가 무섭냐! 그리고 여긴 남자 없냐? 사내 녀석들 말이다. 쯧쯧."

불곰은 혀를 끌끌 차며 다시 교무실로 돌아갔다. 기진맥진한 혜영이는 그대로 교탁 옆에 주저앉았다. 나는 쫓아가서 혜영이의 팔을 붙들었다.

"어디 갔지? 이번엔 내 눈에도 보였는데? 그거 맞지?"

나는 고개를 끄덕였다.

혜영이는 거푸 눈두덩을 부비며 사위를 훑었다. 한데 왜 글자괴물은 불곰이 오자 사라진 것일까? 까마귀 날자 배 떨어진다고, 그저 우연에 불과한 현상일까? 나는 왜 매번 괴물의 표적이 될까? 한 번쯤 안 보이면 어디가 덧나나?

온몸에 돋았던 소름은 쉽사리 잦아들지 않았다. 그 자체로 피부에 남아 옻닭이 되었다. 이미 내 속에 뿌리를 내린 글자괴물이 거꾸로 몸피를 뚫고 올라오는 느낌이랄까?

나는 수업이 끝나자마자 용수를 찾았다. 이번에도 쫓아오겠다는 현동이를 돌려세웠다.

"그런 괴물을 잡는 형이 있어. 꼭 없애 버릴 테니까, 걱정하지 마. 알았지?"

잔뜩 주눅이 든 현동이가 뜸들이다가 물었다.

"다치지 않는 거지?"

"내가 아주 뽀샤뿌릴 거야."

나는 얼굴을 찌푸려서 옥수수 뜯어먹듯 글자괴물을 갉아먹는 시늉을 해 보였다. 설핏 현동이가 웃었다.

"오늘은 먼저 가기 없기다."

현동이를 교실로 들여보내고 청심동산을 찾았다. 용수는 보이지 않았다. 마음이 급해졌다. 빨리 찾아야 했다. 이번만큼은 나 혼자만의 문제가 아니었다. 이제는 두려움보다 조급함이 앞섰다.

"용수를 어디서 찾는담?"

모든 풍경들이, 심지어 소리마저도 이지러졌다. 나는 청심동산 주변을 샅샅이 훑었다. 수업이 끝나고 다시 동산을 찾았지만 용수는 나타나지 않았다.

날이 어둑어둑해졌다. 이번엔 학교 근방을 뒤졌다. 바람이 차서 코끝이 시큼했다. 손가락으로 한쪽 콧구멍을 누르고 팽 코를 풀었다. 몸이 오소소 떨려 왔다. 그래도 아직은 감각이 남아 있는 게 다행이다 싶었다. 어쩌면 나는 지금 끈끈이주걱 같은 괴물에게 먹혀 소화되고 있을지도 모르니까.

발걸음이 다시 빨라졌다. 용수를 찾아야 한다. 그래, 생각났다. 혜영이가 그랬다. 뒷산 아니면, 그 뒷산 한참 안쪽의 빈집에 출몰한다고. 하지만 산을 타기엔 늦은 시간이었다. 그럼 사진부실에 가 볼까. 걸음을 돌려 학교로 향했다.

나보다 먼저 내 그림자가 달려 나갔다.

그림자는 반 발짝 빨리 걸었다. 얼마쯤 걸었을까? 아니, 걷다가 뛰었을까? 내 속에 있는 누군가가 말을 거는 것 같았다. 아니겠지. 재빨리 뒤를 돌아보았지만 주변에는 아무도 없었다.

학교 앞 골목이 개미굴처럼 엉겨 있어 으슥했다. 하나둘씩 켜진 가로등이 외눈박이 괴물처럼 느껴졌다. 그리스 신화에 나오는 키클롭스처럼 말이다.

그때 어디선가 남자아이의 비명이 들려왔다. 소리는 뒷문 쪽으로 갈수록 커졌다. 다리에 오금이 저렸다. 그대로 뒤돌아서려는데 소리는 내 발목을 잡아끌었다.

"이제 안 그럴게요. 한 번만 봐주세요."

그 목소리가 어딘지 귀에 익었다. 골목 안으로 더 들어갈 것도 없이 소리를 따라 한 발을 내딛으니, 옆길에 모인 학생들이 눈에 들어왔다. 한 아이가 땅에 엎어져 이리저리 발길질에 휘둘렸다. 그 아이가 맞는 장면이 영화 〈여고괴담〉에 나오는 귀신처럼 내게 쿵쿵 다가왔다. 어느 순간 그 발길질 속에서 내가 보였다. 찢기고 터진 내 얼굴이, 내 몸뚱이가 보였다. 갑자기 속이 매스꺼웠다. 남자애의 비명이 커질수록 내 몸피가 아려 왔다.

"너는 뭔데 거기서 얼쩡거려?"

패거리 중 누군가가 나를 발견한 듯했다. 붕대를 감은 오른손이 부르르 떨려 왔다.

"어쭈? 이리 와 봐."

외눈박이 가로등이 한 눈을 깜빡거린다. 빛살을 등진 하얀 그림자들이 서로 엉클어져 내게 손짓한다. 그리로 가면 정말로 괴물의 이빨에 뜯기고 먹혀서, 이제는 정말로 십이지장 속으로 여행을 떠날지도 모른다.

"저는 아무것도 못 봤는데요?"

나는 발뺌을 하며 돌아섰다.

"이 새꺄, 너 불렀잖아. 너 뒤로 돌앗!"

그림자 하나가 뇌까리자, 나머지 그림자들이 웃어댔다. 병신, 어디선가 욕지기도 날아왔다. 이대로 두 발 끝에 힘을 주고 내달려야 하는데 몸이 말을 듣지 않았다. 그림자들이 입을 놀리는 대로 몸이 따를 뿐. 다시 구령에 따라 뒤돌아섰다. 어둠 속에서 괴물의 아가리가 보였다.

"친구가 맞고 있는데 튀겠다 이거지?"

그림자 하나가 말했다.

"너같이 의리 없는 새끼들은 더 쳐 맞아야 해."

그림자 둘이 말했다.

"주머니에 돈이 얼마나 들었는지에 따라 너는 살 수도 죽을 수도 있지."

그림자 셋이 말했다.

"쪼다같이 생긴 게, 샌드백이나 해라."

그림자 셋부터는 누가 누군지 구분되지 않았다. 맞고 있는 아이가 내 이름을 불렀다.

"무영아……."

어떻게 내 이름을 알지? 다시 보니 낯이 익다. 우리 반 아이가 틀림 없다. 자기소개 시간에 본 것 같긴 한데 이름도 잘 기억나지 않는다. 그저 남자애의 작고 동그란 얼굴이 눈에 익은 것 같긴 하다. 키 작은 아이 그리고 창백한 얼굴……. 아, 너 정말! 내가 따라오지 말라고 했잖아.

"현동아!"

현동이의 얼굴은 퉁퉁 부어 있었다. 차마 그 아이를 더 마주볼 수 없어 고개를 돌렸다.

"어랏? 이게 끝까지."

그림자 몇이 내 뒷머리를 잡아채고 흔들었다. 의식의 아득한 저편에서 누군가 나를 부르는 것 같았다. 끝내 울렁거리던 속이 뒤집혔다. 나는 속엣것을 한가득 쏟아냈다.

"호빗, 이 찐따 새끼."

그림자 하나가 코를 쥐고 물러섰다. 주걱턱이 분명했다. 북두칠성도 국자를 닮아서 알아보기 쉽지 않은가. 그렇다면 그림자들 중에는 스팸도 있을 테고, 허벅지가 부르튼 한수는 어딘가에 엉거주춤 기대어 서 있을지도 모른다.

"현동일 건드리다니, 그건 아니잖아."

누군가가 또 내 속에서 속삭였다. 그 말에 당황한 그림자들이 술렁거렸다. 서로 다른 그림자들이 엉켜 있으니 하나의 거대한 괴물 그림자 같았다. 물론 그건 절대 내 것이 아니라, 그놈들의 것이다.

나는 한 발짝 뒤로 물러섰지만, 한 발짝 앞으로 나갔다.

나는 이곳을 벗어나려 했지만, 그곳으로 달려들었다.

나는 발길을 피하려 했지만, 주먹을 휘둘렀다.

내 안에 있는 너는 도대체 누구지?

오른손에 감은 붕대가 보이지 않았다.

군데군데 찢긴 손날이 낯설었다.

외눈박이 가로등이 눈을 크게 떴다.

그와 동시에 내 발이 제멋대로 움직였다.

글자괴물아, 물러나라

"이번엔 혜영이뿐 아니라 여럿이 봤어."

이튿날 나무의자에 누운 용수를 보자마자 나는 교실에서 있었던 일들을 쏟아 놓았다. 하지만 용수는 아무런 대꾸 없이 눈만 감고 있었다.

"책을 펴는 게 무서운데 어떡하면 좋을까?"

역시 묵묵부답이었다.

"불곰이 들어오니까 사라졌다니까."

그제야 용수가 눈을 떴다. 여전히 눈의 초점은 돌아오지 않았다. 그나마 흰자위가 보이는 게 다행이다 싶었다. 용수가 입을 열었다.

"이번 괴물은 좀 어렵겠는데……."

"숙주를 찾기 어려운 거야?"

"그거야 딱 보면 답이 나와 있지만, 그래서 더 어렵지."

"그게 왜? 누군데?"

용수는 가만히 한숨을 내쉬었다.

"글자가, 글자라기보다는 어휘라고 해야 할까, 공식이 제멋대로 돌아다닐 판을 만들어 주는 게 누굴까?"

"그야, 그것들을 외우길 강요하는……. 설마?"

뜨악한 얼굴로 용수를 보았다. 용수는 고개를 저으며 다시 눈을 감았다. 글자괴물의 진원지가 교무실이라면 이번엔 정말 쉽지 않으리라. 그곳에서 무슨 퍼포먼스를, 굿판을 열 수 있단 말인가? 그것도 북극곰, 아니 불곰이 상대라면 더더욱. 그럼 글자괴물은 포기해야 하는 것일까? 이대로 그냥 괴물에게 소화가 되어야 하나? 만감이 교차했다.

"글자괴물은 선생님들을 숙주로 해서 세력을 확충해 나가고 있었던 셈이네."

혜영이가 잔뜩 겁에 질린 표정으로 고개를 저었다. 나보다 충격이 더 큰 듯했다. 공부 잘하는 모범생이라 압박이 더 컸던 것일까? 과연 글자벌레답다.

이번엔 양호 선생님까지 교실을 찾아와서 '집단 발작'에 대한 몇 가지 설문조사를 해 갔다. 양호실에서 쉬는 몇몇 아이들이 헛소리까지 해댄다는 것이다. 온몸을 부비며 이상한 구더기가 기어 다닌다고 소리쳤단다. 책가방에서 나온 게 틀림없다며 그것을 태워 없애겠다며 발악했다고 한다.

이쯤 되면 심각한 증상이라고 판단한 양호 선생님은 일단 그 아이들을 조퇴시켰다고 했다. 띄엄띄엄 빈자리가 보이자 교실은 더 낯설었다. 그 자체로 이빨이 듬성듬성한 괴물의 입이자, 위벽이 헐린 고래의 뱃속 같았다.

불곰은 난감한 얼굴로 안테나를 흔들어 뒷머리를 툭툭 쳤다. 내가 쫓아가서 얘기해 주고 싶었다. 글자괴물은 당신 안에 똬리를 틀고 있다고. 그게 아이들의 숨통을 옥죄고 있는 게 틀림없다고. 하지만 나는 아무 말도 하지 못했다.

"역시 내 예상이 맞았어. 다음 목표는 교무실이야."

용수는 한동안 교무실 주변을 맴돌며 사진 찍기에 바빴다. 이상한 낌새를 눈치 챈 불곰에게 잡혀 들어가 또 한 차례 매를 맞고 나오기도 했다. 이번엔 허벅지 대신 팔목이 퉁퉁 부어서 왔다. 불곰이 이해가 되지 않았다. 아니, 그보다는 괴물 사냥꾼, 용수의 존재가 더 미스터리였다.

"그런데 너도 들었니?"

혜영이는 또 얼굴을 들이밀었다.

"무슨 얘기?"

"요새 학교 주위에 배트맨이 나타난대."

"바바리맨? 그거 변태 아냐?"

"그거 말고, 배트맨. 박쥐처럼 나타나서 괴롭힘 당하는 애들을 구해 준다나?"

"에이, 말도 안 돼. 그런 게 어딨니?"

"실제로 본 아이들이 있으니 하는 말이야."

"혹시 검은 망토를 두르지는 않았고?"

"그건 모르겠어."

"망토를 둘렀다면 너 아니야?"

혜영이의 얼굴이 벌게졌다.

생명의 위협을 느낀 난 얼른 사과하고 화제를 돌렸다.

"미안. 그런 게 있다면 마음이 조금 놓이기는 한다."

"아무튼 중요한 건 실체가 없다는 거야."

"실체가 없다고?"

"그걸 본 아이들이 입을 모으길, 그냥 그림자 같다는 거야. 전광석화 같은 움직임도 그렇고, 가벼운 몸으로 허공을 가르며 악당을 물리치는 몸놀림도 그렇고."

"그럼 진짜 그림자 아닐까? 괴물 같은……."

혜영이는 큰 눈을 연신 깜빡였다.

"나도 처음엔 그렇게 생각했거든? 새로운 괴물이 나타난 게 아닐까 하고. 그런데 왜 괴물이 약한 애들을 돕는 건데?"

그랬다. 용수의 말에 따르면 괴물은 어떤 사념이 뭉쳐져 만들어진 것이라고 했다. 그렇다면 혹시 용수가 몰래?

내 마음을 읽었는지 혜영이는 장난스러운 표정을 지으며 킥킥 웃어 댔다.

"그럴 리는 없어. 용수는 가면을 쓰거나 그러지는 않으니까. 카리스마 어린 눈빛 자체가 무기니까."

"그나저나 용수의 다음 목표가 교무실이라고?"

"지금 한참 사진 찍고 있어."

용수가 어떤 행위를 할지 기대 반 걱정 반이었다. 그건 다른 아이들도 마찬가지였다. 글자괴물을 본 아이들은 저마다 용수의 행동을 내심 응원하며 괴물 퇴치를 기원했다. 이제는 용수의 일거수일투족이 아이들의 입을 타고 빠르게 전해졌다.

"우리의 미션은?"

"양철통에 물을 잔뜩 떠 달래. 수돗물 말고 청심동산 뒤편에 흐르는 깨끗한 약수를. 나는 반장이라 교무실 출입이 용이하니까 너는 물통을 들고 나랑 같이 교무실에 진입하면 돼."

"그 다음엔?"

"내가 선생님한테 말을 걸어서 주의를 끌 거야. 너는 그것으로 붓글씨를 쓸 준비를 하는 거지. 나머진 용수가 알아서 할 테고."

"오케이, 알겠어."

점심시간, 우리는 마침내 그 계획을 실행에 옮겼다. 불곰은 불룩하게 튀어나온 배에 손을 얹은 채 의자에 기대어 졸고 있었다.

"교무실 진입 완료!"

혜영이와 함께 교무실에 들어섰다. 반장이 옆에 있으니 선생님들도 이상하게 여기지 않는 눈치였다. 급하게 들어서느라 물을 조금 쏟긴 했지만 티는 나지 않았다. 전쟁영화에서 사령관이 작전 지시를 하듯 나는 오른손을 들어 앞으로 뻗었다.

"저기, 선생님!"

혜영이가 선생님의 배를, 정말 뱃구레를 톡톡 두드렸다.

그와 동시에 용수가 나타났다.

용수는 어디서 구해 왔는지, 이번엔 사진기 대신 제 어깨까지 오는 크고 긴 붓을 들고 왔다. 얼핏 보면 대걸레 같았지만, 막대 자루의 끝에 뭉툭한 붓털이 수북했다. 그만한 붓에 먹물을 묻히려면 얼마나 많은 먹을 갈아야 할까 싶을 정도였다.

"어? 무슨 일이야?"

불곰이 멍한 상태에서 사방을 두리번거렸다.

"풀지 못한 수학문제가 있어서요."

혜엉이 미안한 표정을 지으며 문제집을 내밀었다.

"잠깐만. 정신 좀 차리자."

용수는 잠시 교무실 앞에서 눈을 감은 채 손을 모으고 고개를 숙였다. 무슨 제사라도 지내려나. 복도에 선 아이들은 저마다 호기심을 가지고 용수를 보았다. 이윽고 용수는 교무실에 들어서서 내가 준비해 둔 약수에 붓을 담갔다.

혜영이가 재빨리 불곰에게 속삭였다.

"천천히 알려 주세요. 기다릴게요."

붓끝에서는 검은 먹물 대신 투명한 물방울이 뚝뚝 떨어졌다. 용수는 그 붓을 놀려 교무실 바닥에 알 수 없는 문장들을 써 내려갔다. 축문을 쓰는 것 같기도 하고, 그냥 무슨 기호를 그리는 것 같기도 했다.

"이번에는 너만의 부적, 아니 글자괴물의 이름을 적는 거야?"

다가가서 물 글씨 앞에 쭈그리고 앉아 되물었지만 용수는 말이 없었다. 그때 다시 용수의 검은 눈이 일렁였다. 검은자위뿐이라고는 할 수 없지만, 그 자체로 먹 같다고 할까?

물로 쓴 글씨는 얼마 지나지 않아 사라졌다. 워낙 빠르게 휘갈겨서 바닥에 남은 글자가 한글인지 한자인지도 구분할 수 없었다.

"이게 뭐 하는 짓들이야!"

마침내 상황 파악을 한 불곰이 용수를 노려보았다. 그러더니 안테나 끝을 용수에게 겨누었다. 하지만 불곰 또한 그런 용수에게 쉽사리 다가서지는 못했다. 얼마간의 침묵 속에서 불곰과 용수, 그리고 용수 주위에 둘러선 학생들은 대치 상태에 들어갔다. 글자괴물에게 당한 아이들도 이번만큼은 물러서지 않았다.

잠시 후 용수는 눈을 크게 감았다가 떴다. 원래의 눈빛이 돌아왔다. 한동안 숨을 고르던 용수가 불곰에게 짧게 목례를 하고는 돌아섰다. 불곰이 위압적으로 물었다.

"지금, 뭐 하는 거냐니까?"

그대로 멈춰 선 용수가 뒤돌아보지 않고 대답했다.

"잠깐 청소를 했을 뿐인데요."

불곰도 더는 해코지하기도 싫은지 혀만 끌끌 찼다. 아이들은 저마다 고개를 갸웃거리며 홍조 띤 얼굴로 흩어졌다.

"글자괴물은 잡은 거야?"

청심동산에 오르기도 전에 용수에게 처방전이 무엇이었는지 알려달라고 채근했다. 하지만 용수는 쉬잇 하고 주의를 줄 뿐이었다. 아직 글자괴물은 살아 있는 게 분명했다.

용수는 다시 나무의자에 드러누웠다.

"문명의 역사는 문자의 역사라는 걸 아니?"

"그게 무슨 소리야?"

"하여 누군가는 완전한 권력을 위해 책들을 불태웠고, 누군가는 모든 책을 다시 쓰게 했지. 분서갱유를 지시했던 진시황도, 문체를 바꾸고자 했던 정조도, 금서목록을 수시로 갱신했던 한국 정부도 마찬가지지. 헌데 어떤 게 정사고 어떤 게 야사인지 어떻게 알 수 있지? 그저 위정자들이나 권력자들이 자신들의 목적을 가지고 기획하여 취사선택할 뿐."

"그거랑 글자괴물이랑 무슨 상관이 있는 거야?"

"그냥, 그렇다고. 크게 다를 것도 없고. 지금 우리가 공부하고 있는 교과서가 전부가 아니라는 얘기야. 이 또한 가공된 정보만 부품처럼 이식하기 위한 것일 수 있다고."

"가공된 정보?"

"보이는 게 다가 아니라는 얘기야. 역사는 언제나 승자의 관점에서 웰메이드 소설처럼 다시 써지는 거야. 그런 걸 곧이곧대로 믿고 자란 다면 그야말로 게임 속 아바타처럼 길들여지는 수밖에 없는 것이지."

"아바타라……."

"한 인간이 되어라, 완전한 한!"

용수는 상체를 일으키더니 나무의자 위로 올라섰다.

"아나키스트 알렉산더 버그만 형이 한 얘기야. 이 세상은 한 인간 으로 살기가 너무 어려운 세계거든. 인간은 인간으로 태어났으면서도 평생 노예로 살아가니까."

용수의 말을 다 이해할 순 없었지만, 왠지 그 말들이 멋있게 들렸 다. 현동이에게 그대로 들려주려고 속으로 따라해 보았다. 그 사이 용수는 또 고꾸라져서 왼쪽 가슴을 붙잡았다.

"괜찮은 거야?"

나는 어쩔 줄을 모르고 발만 동동 굴렀다. 이대로 양호실로 데려가 려고 용수의 팔을 붙들었지만 용수는 손을 뿌리쳤다.

"괜찮아. 이러다 말 테니까. 원인도 없고."

"그래도……."

"선전포고였어."

용수가 신음소리를 냈다.

"그런 괴물들은 고명하셔서 뾰족괴물처럼 위협한다고 달려들지 않 거든. 뾰족괴물은 뾰족괴물답게, 글자괴물은 글자괴물답게 일종의 소환장을 보냈다고 해두지. 물론 나에게는 출사표였지만 말이야."

그 말을 끝으로 용수는 온몸을 더 웅크렸다. 처음엔 쥐며느리 같다고 생각했는데, 다시 보니 제 안으로 완전히 사라진 거북 같았다. 용수의 얼굴과 팔다리가 사라지고 몸통만 남은 것 같은 착각이 들었다. 어쩌면 용수가 먼저 사라져 버리는 게 아닐까 싶어 조바심이 났다. 청심동산을 내려오며 내 팔의 붕대가 사라진 것을 알았다. 피딱지는 굳어 있었지만, 군데군데 벗겨져 있었다.그 사이로 엷게 핏물이 배어들었다.

수업이 끝나고 나는 현동이의 체육관을 찾았다.

"부상을 당했을 때는 한동안 새도복싱을 해야 한다. 자기 자신의 그림자와 싸워야 하지."

현동이네 아빠는 체육관 학생들 손에 붕대를 감아 주면서 이렇게 말하곤 했다. 힘을 너무 주어서 손을 다친 게 아니라, 내가 아닌 상대를 이기려고 했기 때문에 표적 자체를 잘못 잡은 거라고.

체육관은 불이 꺼져 있었다.

텅 빈 링이 더 쓸쓸해 보였다. 맞은편 벽에 가득한 거울에는 어둠만이 드리워져 있었다.

"누구냐?"

한쪽 구석에서 누군가가 가래 끓는 소리를 냈다. 어둠 속에서 소주병 몇 개가 제멋대로 굴러다니는 게 보였다. 현동이 아빠였다. 수염이

110

덥수룩해서 얼굴이 아예 그림자 같았다. 황토색 눈동자는 여전했지만 빛을 잃은 느낌이었다.

"무영이에요. 안녕하셨어요?"

"무영이구나."

아저씨는 공허한 목소리로 되받았다.

"괜찮으세요, 아저씨?"

"그럼 그렇고말고. 한잔 할래?"

"저는 아직……."

"어른한테 배울 때는 괜찮아. 딱 한 잔이다."

아저씨는 종이컵에 소주를 한 잔 따라서 건네주었다. 잠깐 머뭇거리다가 나는 그것을 받아마셨다. 진짜 썼다.

"처음이니?"

소주를 처음 먹어 본 건 아니다. 중2 때 냉장고에 있던 팩소주를 몰래 가지고 나와서 빨대를 꽂아 현동이랑 나눠 마신 적이 있다. 그날 저녁 내내 우리는 토악질을 해야 했다.

"실은 조금 마셔 본 적이 있어요."

"그거 말고. 주위 사람을 떠나보낸 적 말이다."

"아직 없어요."

아저씨가 나를 올려다보았다.

"현동이는 왔어요? 요즘은 뭐가 그리 급한지 항상 먼저 집에 가요. 새로운 게임기 산 거죠? 뭐 샀는지 귀띔 좀 해 주실 수 있으세요?"

나는 눈을 가늘게 뜨고 아저씨를 보았다. 하지만 아저씨는 다시 고개를 숙였다. 그 다음엔 살짝 고개를 돌려 거울에 비친 내 잔영을 보았다. 나도 마찬가지였다. 어둠 속에서는 아저씨가 잘 보이지 않았지만, 신기하게도 거울을 통하니까 아저씨가 보였다.

아저씨가 또 한 잔을 들이켰다.

"그래도 너를 보니 조금은 마음이 놓이고, 조금은 걱정도 되는구나. 나도 뭐가 뭔지는 모르겠지만, 그 애의 숨결이 아직 남아 있는 것 같고, 한편으론 네 눈에 살기가 서려 있는 게 염려스럽기도 하고. 그 눈, 그 눈은……."

"무슨 소리예요? 아저씨 약주 드시면 현동이가 많이 걱정할 거예요. 아시잖아요. 현동이 여린 거……."

나는 거울 속 내 모습과 아저씨를 번갈아 보았다.

아저씨도 묵묵히 나를 보며 고개를 저었다.

"아니다. 팔이나 이리 내라. 둘 다."

아저씨는 많이 취한 것 같았다. 링 한쪽에 놓인 압박붕대를 가져다 드렸다. 예전에 잡일을 거드는 내게 틈틈이 권투를 가르쳐 줄 때처럼 아저씨는 내 두 팔을 이래저래 잡아끌어 보고 툭툭 털어도 보았다.

"너? 요새 무슨 일을 하고 다니는 거냐?"

아저씨의 눈이 커졌다.

"아무것도요."

"정말 괜찮은 거지?"

나는 아무 대답도 할 수 없었다.

"알았다."

아저씨는 더 묻지 않고 두 팔에 차례로 붕대를 감아 주었다.

"옜다. 오른손은 자제하여 다치지 말라고 감았고."

아저씨는 뒤돌아 앉은 채 손을 흔들었다.

"왼손은 오른손을 말리라고 감았다."

리바이어던

다음날 등교하니 학교가 발칵 뒤집혔다.

"어떤 녀석이야?"

불곰이 온 반을 들쑤시고 다녔다. 선생님들은 CCTV 운운하면서 각 반 아이들에게 으박질렀다. 하지만 용수가 담담하게 전데요, 하고 손을 드는 바람에 경찰 조사까지 가진 않았다.

1교시가 끝나고 혜영이와 교무실을 찾았을 때, 하마터면 둘 다 까무러칠 뻔했다. 교무실이 온통 분쇄기 통 같다고나 할까? 그 많던 선생님들 교과서가 발기발기 찢겨서 천지에 흐트러져 있었다. 전교생에게 나눠 주려고 쌓아 둔 새 교과서 더미도 마찬가지였다.

선생님들은 아예 그것을 치우는 것도 포기한 채 망연자실하게 자리에 앉아 있었다. 1교시는 어떻게 때웠지만, 가르칠 교재가 없으니 학교는 임시휴업 상태나 마찬가지였다.

교과서의 형해들 가운데 용수가 두 손을 치켜든 채 무릎을 꿇고 앉아 있었다. 불곰은 용수를 금방이라도 십자가에 못 박을 태세였다. 아니, 그 전에 먼저 물어뜯어 죽여 버릴지도 몰랐다. 어이가 없는지 불곰은 용수를 노려볼 뿐, 말을 붙이지도 않았다.

"어머, 어떻게 이럴 수가……."

혜영이도 말문이 막혔는지 탄식만 내뱉었다. 종이 쪼가리들은 마치 창밖에 흩날리는 민들레 꽃씨처럼 교무실 안팎으로 풀풀 날아다녔다. 하얀 속살을 드러낸 교과서가 비명을 지르는 것 같았다.

불곰이 입을 열었다.

"너 정말 이럴 거냐? 아이들도 모자라 이번엔 선생님들을 잡을 거야?"

"그럴 리가요."

"그럼 도대체 이게 무슨 짓이야?"

"괴물의 진원지를 뿌리 뽑았을 뿐입니다."

"괴물이라고?"

"교무실 교과서에서 구더기가 서식하더군요. 선생님들 책 말입니다."

"미쳤군. 드디어 미쳤어."

"미친 건……."

용수가 불곰을 힐끗 올려다보았다.

"아닙니다."

"그 뻘건 눈빛은 또 뭐야?"

불곰이 안테나를 뽑았다.

"더 얘기할 것도 없어. 엎드려."

괴물 사냥꾼도 팔을 걷어붙였다. 엎드리면서 이쪽을 보았다. 내가 손짓을 하자 그는 벙긋 웃어 보였다. 불곰이 씩씩거리며 안테나를 치켜들었다.

"내가 왜 한수를 아주 죽여 놓은 줄 알아? 반성의 기미가 없어서 그랬어, 반성의 기미가. 폭력을 휘둘렀으면 잘못했다고 해야 할 거 아냐. 근데 이 녀석이 뭐라 그런 줄 알아? '그냥'이래. 그냥이 어디에 있냐니까?"

불곰이 사냥꾼의 허벅지 대신 종아리를 내리쳤다.

"선생이 만만해 보이냐? 네가 무슨 짓을 했는지 이 안테나로 똑똑히 보여 주겠어."

용수는 순한 양처럼 조용히 눈을 감았다.

불곰은 다시 열 대를 때렸다.

그때였다. 하얗게 찢긴 교과서의 형해에서 글자괴물이 솟아오른 것은. 아직 사라진 게 아니었구나. 용수의 검은 눈이 번쩍였다. 용수는 이 순간을 기다리고 있었던 것이리라.

우리한테 왜 이러는 거지?

글자괴물은 저희들끼리 합치고 나뉘어 문장을 만들어 냈다. 교무실을 살피던 몇몇 아이들이 소리를 질렀다. 하지만 선생님들은 그저 주위를 두리번거릴 뿐이었다.

회초리를 맞던 용수가 천천히 일어섰다. 용수의 주위에 알 수 없는 아우라가 뿜어져 나오는 것 같았다. 불곰도 그 기세에 눌렸는지 입을 딱 벌린 채 굳어 버렸다.

용수가 낮은 목소리로 되물었다.

"그러는 그대들은 왜 학교에서 이러는데? 국립도서관 같은 데도 있고 놀 곳은 많을 텐데."

자음과 모음은 모래알처럼 스르르 흘러내렸다가 또 다른 문장을 만들어 냈다.

천한 인간들이 상관할 바가 아니다.

그 말에 용수가 헛웃음을 웃었다. 그러더니 불곰이 쥐고 있던 안테나를 재빨리 낚아채서 그 문장들을 흩뜨렸다. 벌건 얼굴로 불곰이 씩씩거렸다.

"너, 이 자식 정말!"

용수는 아랑곳 않고 그 안테나로 리본체조를 하듯 허공중에 알 수 없는 곡선을 그렸다. 그 선을 따라 바닥에 널린 종이 쪼가리들이 하얗게 일어섰다.

진풍경이었다. 선생님들도 그 광경만큼은 눈에 보였는지, 여기저기에서 소리를 질러댔다. 금방이라도 용수의 멱살을 틀어쥘 것만 같던 불곰도 두려운 얼굴로 용수를 쳐다보았다.

숙주는 불곰이었던 것이다.

물론 다른 선생님한테 깃들었을 수도 있다. 용수는 그것을 유인하고자 이런 판을 벌였는지도 모른다. 아이들은 입을 헤 벌린 채 용수의 의식을 보았다.

꼬불꼬불한 종이 쪼가리의 행렬은 이내 소용돌이처럼 교무실 천장까지 솟구쳤다. 그 와중에도 글자괴물은 안간힘을 다해 저희들끼리 모여들었다.

주인이 필요한 인간들이여, 반역을 하는 거냐?

용수는 아무 대답도 않고 안테나를 치켜들었다. 천둥번개가 피뢰침에 내리꽂히듯 글자괴물들은 불곰의 안테나 끝으로 회오리치며 빨려들어갔다. 글자괴물의 무리는 그 티끌까지 완전히 사라졌다.

"와아!"

교무실 밖에 있던 몇몇 아이들이 환호했다. 선생님들은 그대로 자리에 앉아 한숨을 내쉬었다. 불곰도 가죽의자에 털썩 주저앉았다. 바퀴 달린 의자라 불곰은 그대로 몇 미터 뒤로 굴러갔다.

"어이, 가 봐라."

불곰은 그 한 마디만 던지고 밖으로 나갔다.

수업종이 울렸다.

용수는 다시 바닥에 쓰러져서 왼쪽 가슴을 움켜쥐었다. 혜영이와 나는 쫓아가서 용수를 부축했다.

"괜찮아. 혼자 일어날 수 있어."

사냥꾼은 고개를 저었다. 혜영이는 그런 용수의 왼팔을 잡고 힘을 주었다.

"이대로는 수업에 못 들어가겠다."

용수가 인상을 찌푸렸다.

"나, 집에 좀 데려다 줘."

"집?"

혜영이가 말했다.

"지금 가려고?"

용수가 말했다.

"청심동산, 넝쿨집 말이야."

용수를 동산에 두고, 우리는 돌아와서 교과서를 폈다. 몇 번이고 책을 접었다 폈다 했다. 신기하게도 글자괴물은 정말 보이지 않았다. 다른 아이들도 책을 연신 뒤적였다. 글자괴물은 나타나지 않았다.

"정말 괴물이 안 보이네."

혜영이가 속삭였다.

"뾰족괴물이 학교 폭력을 조장하는 애들의 사념이 빚어낸 괴물이라면, 글자괴물은 일등만 강요하는, 순번 매기기 좋아하는 선생님들의 생각이 만들어 낸 괴물이 아닐까?"

"그렇다면 언제든 또 생길 수 있다는 건가?"

혜영이는 눈깔사탕을 하나 내밀었다.

"용수 말대로 안 보면 그만이지."

"어떻게?"

"그거야 나도 몰라."

다시금 교실을 휘 둘러보았다. 아무것도 보이지 않았다. 근데 한수의 빈 자리가 눈에 띄었다. 스팸과 주걱턱의 자리도 비어 있었다. 땡땡이를 친 것일까?

다음은 윤리 시간이었다. 윤리 과목은 별로 중요성을 느끼지 않아선지 대부분은 곯아떨어졌다. 여자애들은 윤리 선생님이 깡마른 데다 피부도 하얘서 모성애를 자극한다고 했다. 이름도 '이윤'이었다. 미국식으로 뒤집어 읽으면 '윤리'라고, 선생님은 첫 수업 시간에 의미심장하게 말했다.

"그게 무슨 말장난이지?"

남자애들은 윤리 선생님에게 별 호응을 보내지 않았다.

"말장난이라니, 얼마나 멋지니!"

여자애들은 〈트와일라잇〉에 나오는 남자주인공을 운운하며 박수를 쳤다.

"책이 다 공중 분해돼서 내 것도 없네. 누가 좀 빌려 줄래?"

윤리 선생님이 난처한 얼굴로 나긋나긋하게 말했다.

"제가 빌려드릴게요."

혜영이가 손을 번쩍 들었다.

"고마워, 반장."

"무슨 말씀을요."

혜영이는 수줍게 웃었다. 통통한 두 볼이 발갛게 달아올랐다. 혜영이가 빌려 준 책에 사탕 하나가 꽂힌 게 보였다. 앙큼한 계집애 같으니라고.

"오늘은 어디 나갈 차례였던가?"

"저, 선생님! 질문 있습니다."

웬일로 현동이가 손을 들었다. 머리에 붕대를 감고 있었다. 참, 그때 그 골목에서 그림자 무리에게 맞았지. 현동이는 괜찮을까? 왜 좀 더 신경 쓰지 못했을까? 나 역시 그들에게 둘러싸였던가?

"리, 립, 빠이어던이 뭐죠?"

현동이가 쭈뼛쭈뼛 질문을 했다. 평소에는 좀처럼 말이 없던 아이가 질문을 하자 모두의 눈이 현동이에게 쏠렸다.

"호오."

윤리 선생님의 눈이 커졌다. 그러더니 함박웃음을 지으며 분필을 집어 들었다. 뭔가 잔뜩 할 말이 많은 눈치다.

"리바이어던, 어디서 들은 말이지?"

"주, 주겨 버리고 싶어서요."

"재미있구나. 상상의 바다괴물을 어떻게 말이니?"

현동이가 울상을 짓더니 책상에 머리를 파묻었다. 그러곤 몇 번이고 이마로 방아를 찧었다.

선생님은 아랑곳 않고 말을 이었다.

"리바이어던은 토마스 홉스가 1651년에 지은 책 이름이란다. 그건 원래 성경의 욥기 41장에 나오는 바다괴물이지."

현동이가 머리를 들었다.

"바, 빠다괴물이오?"

"그렇단다."

"어뜨게 죽여요?"

"홉스는 인간의 힘을 뛰어넘는 아주 강한 동물로 표현했어. 혼돈의 시대에 강력한 파워를 가진 국가가 정립되길 바랐지. 그러니까 홉스는 국가라는 거대한 창조물을 리바이어던에 비유한 거야."

"리, 립빠이어던……."

현동이가 작은 두 주먹을 꼭 쥐었다.

"국가가 절대 주권을 가지면 국민들이 더 안전하고 평화를 이룰 수 있을 것으로 판단했던 거지."

"그럼 조, 좋은 거잖아요?"

"홉스는 나름대로 자신의 관점을 긍정적으로 담아서 말했지."

오지랖 여신, 혜영이가 끼어들었다.

"하지만 국가가 절대 권력을 쥐면, 국민들이 고달파지지 않을까요?

국가에 의해 자행되는 폭력은 어쩌고요?"

"그 말도 맞아. 그래서 오늘날에는 비판적인 시각도 많지. 허나 그 시대의 홉스는 그런 게 꼭 필요하다고 생각했어. 강력한 통치자만이 그 힘으로 안전과 질서를 보장하리라 믿었지."

현동이 대신 내가 끼어들었다.

"괴물이 사람들을 지켜 준다고요?"

"본래 리바이어던은 성경에서 하나님의 적이자 혼돈의 상징으로 나타난단다. 저주를 받은 뱀이나 악어, 또는 용이나 고래로 묘사되기도 하지. 그러니까 해석하기에 따라 다르다는 얘기야."

혜영이가 아는 척을 했다.

"만인의 만인에 대한 투쟁과는 무슨 상관이죠?"

윤리 선생님이 양손 검지를 치켜들었다.

"인간의 본성은 이기적이기 때문에 자연 상태라면 '만인의 만인에 대한 투쟁'을 할 수밖에 없다고 홉스는 생각했어. 그러면 인간의 삶은 더 참혹해지겠지. 만인이 서로 저 살자고 싸우는 꼴이 될 테니까. 그걸 통솔할 강력한 힘, 그 힘이 모인 공동의 실체가 바로 국가인 셈이고. 어쨌거나 리바이어던은 무시무시한 바다괴물인 건 분명하지."

"그러니 잡아 죽여야죠?"

누군가 뇌까렸다.

"어떻게 하면 죽일 수 있나요?"

"상상의 동물이니 무시하면 된다."

윤리 선생님이 웃었다.

"무슨 무서운 꿈이라도 꾼 거냐?"

현동이가 그대로 책상에 얼굴을 묻었다.

휴대 전화로 리바이어던을 검색해 보니 바다괴물 그림이 떴다. 해룡 같았다. 깊고 검은 바다에서 거대한 괴물이 항해 중인 범선을 한입에 삼키는 그림.

토마스 홉스의 엄마는 스페인의 무적함대가 영국을 침공한다는 소식에 놀라 홉스를 일곱 달 만에 낳았다고 한다. 뱃속에서부터 공포에 떨었던 홉스는 나중에 이런 말을 하기도 했단다.

나는 공포와 쌍둥이로 태어났다.

홉스의 아버지는 싸움질을 하다가 목사직에서 쫓겨났고, 급기야 가족을 버리고 도망갔다. 홉스는 자주 우울증에 시달렸고 혼자 책읽기를 즐겼다. 그러면서 더더욱 강한 힘을 동경했을까? 홉스는 통치자가 바뀔 때마다 그 옆에 붙어 충성을 다짐했다고 한다. 어떻게 보면 기회주의적일 수도 있지만, 홉스의 철학은 확고했다.

"리바이어던을 없애려면 도망가면 안 돼."

혜영이가 말했다, 아니 혼자 속삭였다. 윤리 선생님은 아직도 리바이어던이 근방의 악명 높은 불량서클이라는 것을 눈치 채지 못한 듯했다.

그때 갑자기 바지춤이 부르르 떨리기 시작했다. 휴대 전화가 계속 울려댔다. 확인해 보니 카톡창이 뜨면서 욕이 막 쏟아졌다.

네가 1학년 짱에게 대든 놈이냐?

호빗이랬나? 난쟁이 새끼.

빙신아, 넌 이제 죽었어.

이따 끝나고 남아!

튀거나 고자질하면 가만 안 둬!

무서운 말들이 마구마구 쏟아졌다. 겁이 나서 창을 닫았는데도 카톡창은 계속 떴다. 누가, 왜 보냈는지도 알 수 없었다.

대답해, 죽빵 날리기 전에.

쉽냐, 새끼야?

초딩 새끼, 말귀를 못 알아듣네.

유딩이냐?

지금쯤 오줌 싸고 있겠지?

나는 그대로 얼어붙었다. 기기에서 올가미가 튀어나와 내 목을 옥죄는 것 같았다. 나도 모르게 휴대 전화를 바닥에 팽개쳤다. 그와 동시에 수업종이 울렸다. 윤리 선생님은 이쪽을 한 번 힐끗 보더니 나가 버렸다.

"무슨 일이니?"

혜영이가 돌아보았다.

"휴대 전화를 왜……."

나는 복도로 뛰쳐나갔다. 그러다 누군가와 부딪혀 뒤로 자빠졌다. 정신을 차려보니 맞은편에 현동이가 주저앉아 있었다.

"미안. 괜찮니?"

애써 웃으며 손을 내밀었다.

"그때 따라오지 말라고 했는데 왜 그런 거야?"

현동이는 내 눈을 피했다. 대답도 없이 앉은 자리에서 뒤로 물러섰다. 벽 때문에 더 이상 물러날 수도 없었다. 그제야 벌떡 일어나서 줄행랑을 쳤다.

왜지? 카톡 공격에 대한 충격도 잊고 한동안 멍하니 앉아 있었다. 두 팔이 부르르 떨린다. 까닭 모를 불안감이 밀려든다.

검은 그림자가 나를 덮치는 환영이 인다.

이건 또 다른 괴물이 틀림없다.

하지만 실체가 없다.

그 어떤 모습도 없으니 표현할 길도 없다.

그렇다면 괴물 사냥꾼 용수도 도울 수 없으리라.

들숨도 날숨도 막힌다.

복도를 빠져나와 다시 집으로 달린다.

이대로 수업을 다 듣고 교문을 나서면, 아까 카톡창에서 나를 협박하던 녀석들과 또 맞닥뜨려 괴롭힘을 당할지도.

어쩌면 나는 또 두들겨 맞을지 모른다.

무섭디무섭다.

그러나 교문을 빠져나가기 전에 돌아선다.

그래 봤자 다시 학교에 와야 한다.

더 어디로 도망갈 수 있으랴.

공포가 익숙해서일까.

아니다, 그건 아니다.

그건 절대 익숙해질 수 없다.

나도 모르게 붕대 두른 오른손이 요동친다.

흰 손은 그대로 내 오른뺨을 후린다.

자포자기 같은 것일지도 모른다.

막다른 골목이다.

그러니까 나는 습격을 당해도 싸다.

그래, 맞는 것도 튀는 것도 그만!

그러니 이제는 포기하자.

나 같은 놈은 아무것도 아니다.

너희들이 원한다면 더 맞아 줄 것이다.

죽기를 원한다면?

그래, 이제 그것도 생각해 볼 때다.

모든 게 어질어질하다.

사력을 다해 걷는다.

아니, 어느 순간부터는 기어간다.

일단 양호 선생님에게 가 보자.

조금만, 조금만 더 버티자.

그러고 나서 무서워하자.

그래, 그러자.

얼마쯤 침대에 누워 있었을까? 용케도 혜영이가 찾아와서 액정이 깨진 휴대 전화를 건네주었다.

"안은 다행히도 멀쩡해."

그 애는 박하사탕도 같이 내밀었다.

실체가 없는
그림자괴물이라고?

혜영이가 가고 잠시 안정을 취한 뒤 양호실을 빠져나왔다. 지금쯤이면 용수도 수업을 끝내고 넝쿨집에 드러누웠을지도 모르겠다. 사람들 눈을 피해 청심동산으로 달렸다.

저녁바람이 선선했다.

오슬오슬 몸이 떨려 왔다. 코끝이 시큰거렸다. 청심동산 너머로 해가 지고 있었다. 그 모습을 보니 왠지 마음이 아려 왔다. 노을을 머금은 넝쿨줄기에서 붉은 빛살이 일렁였다. 어디선가 말소리가 들려왔다. 나뭇가지 사이로 혜영의 옆모습이 보였다. 그 옆에 팔베개를 한 채 운동장을 힐끔거리는 용수가 있었다. 둘의 모습이 제법 다정스러워 괜히 기분이 상했다. 조용히 다가서서 숨을 죽였다.

"이번 괴물은 단순한 벌레 수준이 아냐."

혜영이는 잔뜩 고양된 목소리로 말했다.

"나도 이미 조사를 시작했어. 근처 학교에도 피해자가 많아. 상처가 심한 애들도 있고."

"실제로 괴물에게 크게 다치는 애들이 나올 줄은."

혜영이의 목소리가 떨렸다.

"그림자괴물이 물어뜯은 거지?"

"나도 당한 애들 몸을 봤어. 진짜 온몸에 찢기고 터진 자국들이 많더라."

"우리 반 애들은 외려 그림자괴물의 출현을 반기는 눈치야. 지금까지 줄곧 피해자들은 삐딱한 애들이었으니까."

"그나저나 무영이는 좀 어때?"

"아직 양호실에서 자고 있어."

"나는 무슨 배트맨 같은 영웅인 줄 알았는데……."

혜영이는 두 손을 모은 채 아쉬운 표정을 지었다. 용수가 실없이 웃었다. 용수의 저런 표정은 또 처음 본다.

"물론 그림자괴물의 숙주가 가까운 곳에 있을 수도 있어. 지난 번 뾰족괴물이 날뛸 때는 한수가 아이들을 한창 괴롭힐 때였고, 글자괴물이 나댈 때는 불곰이 반 애들 점수를 따지며 안테나를 휘두를 때였으니까."

"그럼 이번에는 뭔데, 그림자괴물은?"

"나도 이런 건 처음이야."

용수가 한숨을 내쉬었다. 한동안 둘은 말이 없었다. 불량한 학생들을 공격하는 그림자괴물이라고? 제법 그럴 듯했다. 그렇다면 외려 반겨야 하는 게 아닌가? 나도 안으로 들어섰다.

"그림자괴물이라고?"

"무영이 왔구나. 몸은 좀 어떠니?"

혜영이의 모습을 보니 마음이 조금 푸근해졌다. 용수에게 눈인사를 건네며 말했다.

"나도 학교 앞 골목에서 리바이어던 무리를 본 것 같아. 그중에 그림자 같은 녀석들이 끼어 있는 것 같기도 했고."

용수가 되물었다.

"숙주는 봤니?"

"아니, 얼굴이 잘 보이지 않았어. 그들 중에 우리 반의 한수 패거리가 끼어 있는 걸 봤어."

혜영이 말했다.

"혹시 그 애들도 그림자괴물에게 당한 거 아닐까? 그래서 요새 학교에 안 보이나?"

"그런 것 같군."

용수가 고개를 끄덕였다.

"이쯤 되면 보통이 아닌데. 온몸에 난 상처가 심각해 보였어. 군데군데 분질러진 곳도 있고."

"장난 아니구나. 이번 괴물은……."

그 말을 들으니 윤리 시간이 떠올랐다. 윤리 선생님에게 어떻게 하면 리바이어던을 없앨 수 있는지 묻던 현동이가 떠올랐다. 그런데 현동이는 왜 날 피했을까?

"여기저기 다니면서 사진기로 찍어 봐야겠어. 그림자괴물의 실체가 뭔지, 숙주가 누구인지는 알 수 없지만 일단 정체를 밝혀 보자고."

"그래, 수고 좀 해 줘."

혜영이가 선생님처럼 말했다. 그 말에 괴물 사냥꾼이 다시 해맑게 웃었다.

"그런데, 그런데 말이야."

내가 물었다.

"괴물은 원래 나쁜 거 아니야? 악한 존재 말이야. 근데 이번 그림자괴물인가 뭔가는 불량한 애들만 공격하잖아. 그럼, 착한 괴물 아냐?"

용수가 웃으며 되물었다.

"선과 악, 차이가 뭐지?"

"악한 건 나쁜 거지."

"맹수가 사슴을 공격하는 것은?"

"이건 나쁜 애들만 혼내 주니······."

용수가 고개를 저었다.

"선도 악도 없어. 본래는 하나라고 생각해. 어떤 의미에서는 악이야말로 인류에게 필요한 발명품일 수 있다는 얘기야. 가령 미국은 북한을 악의 축이라고 했잖아. 물론 북한이 핵무기로 주변국의 평화를 위협하는 건 좋지 않아. 하지만 그들이 악마 집단은 아니잖아? 미국은 북한을 악의 축으로 규정하고 선전해서 반대효과를 누리는 거지."

"반대효과?"

"자신들은 조커를 물리치는 배트맨이 되는 거야."

"왜 그러는데?"

"미국은 무기와 석유, 그리고 밑도 끝도 없이 찍어낸 달러, 즉 부루마블 돈으로 살아가는 나라야. 악한이 있어야 무기를 팔아먹을 거아냐. 빈곤국이 있어야 찍어 낸 돈을 빌려 갈 거고. 빚이 많을수록 복종도 잘할 테니까."

"그건 그렇다 쳐. 살인과 도둑질, 거짓말 같은 행동은 분명 악한 거 아니야?"

용수는 다시 나무의자에 누워 눈을 감았다.

"어떤 사람이 하면 정의이고, 어떤 사람이 하면 범죄지. 전자는 천사고, 후자는 악마일까?"

그 말을 들으니 또 할 말이 없어졌다.

"인류가 에덴동산에서 선악과를 먹었다는 것은 선과 악을 자기들 뜻대로 구분하기 시작했다는 거야. 이건 선, 저건 악, 제멋대로 지정하고 저희들끼리 정죄하고 해치기 시작한 거지. 자신은 마치 하나님 편인 양, 천사인 양 권력을 휘두르면서 말이야. 그렇게 되면 신은 인간의 기성품으로 전락해 버려. 죄라는 건, 단순히 사과를 따먹는 행위를 넘어 바로 인간 스스로가 신이 되려는 미망에서 비롯된 거야."

스산한 바람이 넝쿨집 안으로 밀려들었다. 바람이 노을빛을 끌어온 것처럼 주홍빛이 나무줄기 틈에서 아릿거렸다.

혜영이와 나는 말없이 용수의 입술만 보았다. 옆으로 돌아누운 용수 얼굴을 보니 문득 와불(臥佛) 같다는 생각도 들었다. 용수가 말했다.

"언젠가 한 박물관에서 자신의 그림자를 포획해 주는 이벤트를 열었어. 한 공간에 카메라를 달아 놓고 그 앞에서 두 팔을 벌리면 그림자가 뒤에 생길 거 아니야. 그런데 그 공간을 벗어나도 두 팔을 벌렸던 그림자는 그대로 벽면에 남아 있는 거야. 놀라웠지. 물론 카메라 기술의 일환일 거야. 하지만 어떤 사람은 일상에서도 그림자가 따로 노는 경우가 있다고 해. 온전히 자기 자신으로 살지 못하기 때문이지. 이미 우리들은 너무도 많은 가면을 가지고 살잖아. 아직 목격하진 못했지만, 이번 그림자괴물은 왠지 만만치 않은 녀석일 거 같아. 숙주도 그렇고."

"우리가 뭐 도울 건 없고?"

혜영이가 말했다.

"나타나면 가만 안 놔둘 거야."

"지금은 좀 쉬고 싶네."

용수가 한 손을 흔들었다.

"심장이 아려서 말이야."

혜영이와 나는 나란히 동산을 내려왔다. 하지만 막상 교문을 나서려고 하니 두 다리가 후들거렸다.

"안색이 안 좋은데? 아직도 어지러운 거야?"

"아니, 실은, 아니야."

"뭔데, 말해 봐."

"실은 오전에 휴대 전화로 이상한 카톡들이 막 떴어. 욕설이 난무하는. 굉장히 기분이 나빴는데 그보다는 무섭더라. 누군지 알 수도 없었어. 어떻게 내 번호를 알았는지도. 아마 한수 패거리들에게 번호를 받았나 봐. 리바이어던인가?"

나도 모르게 속내를 털어놓고 말았다. 혜영이에게는 조금 더 담담하게 보이고 싶었는데, 두려운 티를 내고 싶지 않았는데, 지금은 지푸라기라도 잡고 싶었다.

"나쁜 자식들!"

혜영이가 밤주먹을 모아 쥐었다. 눈썹을 잔뜩 찌푸렸다.

"내가 선생님한테 말해 볼게."

"아냐, 됐어."

"너뿐만이 아냐. 그런 대화창 폭력으로 괴롭힘 당하는 애들이 많아. 당당히 앞에서 말할 일이지, 비겁하잖아. 그리고 아주 죄질이 나빠."

"교문 앞에서 녀석들이 기다리고 있으면?"

"내가 가만 안 둘 거야!"

혜영이는 교문 쪽으로 쪼르르 달려갔다. 정말 당찬 여자애다. 그

애는 얼굴을 교문 밖으로 빠끔 내밀고 주위를 두리번거렸다. 그러더니 이쪽으로 오라고 손을 흔들었다.

"아무도 없어. 얼른 와."

"정말?"

정문을 나서니 정말 아무도 안 보였다. 이상한 일이다. 불특정 다수의 녀석들이 분명 나를 잡아 죽여 놓는다고 했다.

"다 어디로 갔지?"

"그림자괴물 때문인가 봐."

"그림자괴물?"

"녀석한테 뜯기면 반죽음이니까. 게다가 그림자괴물의 표적은 불량한 애들이니 웬만한 똘마니들은 벌벌 떨 수밖에 없겠지."

혜영이는 달뜬 얼굴로 말했다.

"멋있긴 하다 얘. 그 괴물, 천천히 잡아도 되겠어."

"굳이 잡아야겠어?"

혜영이의 표정이 어두워졌다.

"폭력은, 결국 폭력이잖아."

그러더니 앞서 걸었다.

"주말 잘 보내."

"그래, 너도."

나는 우리 집을 향해 왼쪽 길로 돌아섰다.

"무영아, 잠깐만!"

혜영이가 나를 불러 세웠다.

"너 양호실에 있는 동안 국어샘 할아버지가 내준 숙제가 있어."

"그게 뭔데?"

"맘에 드는 시 한 편을 골라서, 왜 좋은지 적어 오래."

"아, 귀찮아. 인터넷에서 아무거나 베껴 오지 뭐."

"그러던지. 조심해서 가렴."

"근데 반장."

이번에는 내가 혜영이를 불러 세웠다. 혜영이는 물음표를 담은 얼굴로 나를 돌아보았다. 그새 초록색 사탕을 입에 물었다. 수박 맛일까, 사과 맛일까?

"너는 어떤 시 가져올 건데?"

"그건 비밀."

혜영이가 혀를 쏙 내밀었다.

"쳇."

"근데 무영아."

이번엔 혜영이가 나를 불렀다.

"실은 나 이번 토요일, 그니까 내일, 발표회 하거든. 다니는 마술학원에서. 놀러 오지 않을래?"

가슴이 콩닥거렸다. 혜영이가 나를 마술공연에 초대한 것이다. 하지만 상기된 마음을 숨기려고 인상을 썼다.

"싫으니?"

혜영이가 말했다.

"그럼 할 수 없고."

"아니. 마침 할 일도 없는데 잘됐지, 뭐."

혜영이가 환하게 웃었다.

"그래, 잘 가."

"저기 혜영아."

이번엔 내가 불렀다. 혜영이 입을 오므려 '왜'라고 소리 없는 말을 했다. 큰 눈이 깜빡거렸다.

"내, 내가 바래다줄까?"

어떻게 내가 그런 말을 할 수 있었을까?

"푸읍."

그 말에 혜영이는 입을 막더니, 곧 웃음이 터져 깔깔거렸다. 나쁜 계집애 같으니라고. 생각해 보니 나도 그 말이 우습긴 했다. 만날 애들한테 얻어맞고 다니는 주제에 무슨.

"오늘은 빨리 가서 연습해야 해."

"맞다. 내일이랬지."

혜영이는 미안한 표정을 지었다. 나는 냅다 돌아서서 뜀박질을 했다. 무영아, 라고 뒤에서 혜영이가 부르는 소리가 들렸지만 뒤돌아보지 않았다.

고등학교에 올라와서 이만큼 속도를 내서 달린 적이 있던가. 얼굴이 벌개져서 달리고 또 달렸다. 힘을 갖고 싶었다. 나를, 또 혜영이를 지킬 수 있는 힘을. 괴물 사냥꾼 용수가 부러웠다.

빈집에 오자마자 컴퓨터를 켰다.

숙제는 그 자체로 부채다. 최대한 빨리 끝내 버리는 게 상책. 그런데 좋아하는 시를 어디서 찾지? 아빠가 시인이라도 시집 한 번 읽어 본 적이 없다. 생각만 해도 고리타분했다. 딱 한 번 무슨 잡지에 실린 아빠 시를 본 적이 있는데 무슨 내용인지 도통 이해할 수 없었다.

'좋은 시'를 키워드로 검색해 보니 간질간질한 시구들이 떴다. 내 취향은 아니었다. 이번엔 '이상한 시'를 쳤다. 그런 시는 없는지 관련 포스팅이 별로 없었다. 그나마 '이상의 시'라는 글귀가 눈에 들어왔다. 클릭했다.

오감도—시 제1호
　　　　이상

13인의아해가도로로질주하오.
(길은막다른골목이적당하오.)

제1의아해가무섭다고그리오.
제2의아해도무섭다고그리오.
제3의아해도무섭다고그리오.
제4의아해도무섭다고그리오.

제5의아해도무섭다고그리오.

제6의아해도무섭다고그리오.

제7의아해도무섭다고그리오.

제8의아해도무섭다고그리오.

제9의아해도무섭다고그리오.

제10의아해도무섭다고그리오.

제11의아해가무섭다고그리오.

제12의아해도무섭다고그리오.

제13의아해도무섭다고그리오.

13人의아해는무서운아해와무서워하는아해와그렇게뿐이모였소.

(다른사정은없는것이차라리나았소.)

그중에1인의아해가무서운아해라도좋소.

그중에2인의아해가무서운아해라도좋소.

그중에2인의아해가무서워하는아해라도좋소.

그중에1인의아해가무서워하는아해라도좋소.

(길은뚫린골목이라도적당하오.)

13인의아해가도로로질주하지아니하여도좋소.

13인의 아이가 도망가는 이야기. 마음에 든다. 무서운 아이와 무서워하는 아이뿐. 그 얘기도 맞다. 마지막에 "길은뚫린골목이라도적당"하다고 했는데 이건 무섭다. 원래 꽉 막혀야 무서운 건데, 뚫려 있어도 무섭다면 달아날 곳이 없다는 얘기 아닌가?

어느 순간 내가 이야기 속 '아해'가 된 것 같다. 그렇지. 도망가는 13인의 아이 중 하나는 나일 것이다. 일단 시를 메모해 두었다.

1934년 7월 24일 〈조선중앙일보〉에 이 시가 실렸을 때 독자들은 시인에게 "미친놈의 잠꼬대가 아니냐." 혹은 "무슨 개수작이냐"라고 항의했다고 한다. 결국 '오감도-시 제1호'라는 이름을 달고 나온 그것은 당초 30회까지 연재될 예정이었으나 같은 해 8월 8일에 '오감도-시 제15호'로 끝을 맺었단다.

왜 이걸 이해할 수 없지?

외려 나는 그런 사람들이 이해가 안 갔다. 괴롭힘을 당해 보지 않은 사람은 모를 수도 있겠다. 이 시는 쫓겨 본 사람만 이해할 수 있다. 그렇다고 그 이유를 몽땅 쓸 수는 없었다. 그냥 남들이 쓰지 않는 시를 쓰는 게 마음에 든다고만 적어 두자.

휴대 전화가 진동했다. 또 그 익명의 그림자들이 마구잡이로 카톡을 날렸나. 다행히 휴대 전화는 한 번 울리고 말았다.

혜영이가 보낸 문자였다.

잊지 마, 내일 오후 2시. 홍대 상상마당, 지하 2층 Live Hall

내일 마술공연이 있다고 했지? 오케이, 인터넷에서 약도를 찾아 메모해 두었다. 대충 숙제를 끝내니 졸음이 쏟아졌다. 요즘 들어 부쩍 잠이 많아진 것 같다. 나는 이부자리 위로 다이빙을 했다. 꿈만 안 꿨으면 좋겠다. 이젠 무서워하는 아이도, 무서운 아이도 질색이다.

근데 이건 또 뭐지? 휴대 전화를 뒤져 보니 문자 몇 개가 이미 들어와 있었다. 부재중 전화도 두 통. 엄마가 보낸 것들이었다.

> 나무영, 아빠가 다치셨대. 크레인이 넘어져서 치였다나 봐. 다행히 큰 부상은 아닌데 엄마가 좀 내려가 봐야겠어. 학교 끝나고 밥 잘 챙겨 먹으렴.

아빠가 농성을 하다 또 다쳤나 보다. 아무래도 아빠를 이해할 수 없었다. 자기 일도 아닌데 왜 그렇게 열을 올려서 노동자들 편에 설까? 아빠는 언젠가 이렇게 말했다.

"힘없는 사람들은 밟히는 수밖에 없어. 힘을 키우면 되지 않냐고? 어림도 없는 소리야. 이미 판 자체가 가진 자들에 맞게 짜였는데 뭘 더 어쩌라고? 우리들은 서로 힘이 되어야 해."

휴대 전화가 또 한 번 울렸다. 이번에도 엄마가 보낸 문자였다.

> 며칠 걸릴 수 있을 것 같아. 가벼운 상처니 무영인 내려올 것 없고. 대신 무슨 일 있음 바로 전화해야 해. 알았지?

아빠 목소리를 듣고 싶었지만 갑자기 쏟아지기 시작한 잠은 단숨에 나를 바닥으로 내리꽂았다. 안간힘을 써 봤지만 소용없었다.

마술의 비밀

　상상마당의 무대에 오른 혜영이는 혜영이답지 않았다.

　평소에도 교복 위에 망토 같은 모자코트를 입고 다녀서, 마술무대에 오른다면 아예 더 마녀같이 입고 나올 줄 알았다. 그래서 혜영의 차례가 되었을 때 난 한참을 두리번거렸다.

　달빛이라고 해도 좋을 은은한 조명 아래 마녀 대신 풋풋한 여자애가 서 있었다. 그 애는 짧은 핫팬츠에 노란 니트를 입었다. 머리는 땋지 않고 길게 늘어뜨렸다. 웨이브 진 긴 머리를 쓸어 올리자 큰 눈이 반짝였다. 여자애는 입술을 오므린 채 오른손 검지를 갖다 댔다.

　쉬잇, 하며 윙크를 한다.

　혜영이가 맞았다. 하지만 달라도 너무 달랐다. 그런데 오늘따라 왜 이렇게 가슴이 쿵쾅거리지? 어두운 객석에서 박수소리가 울렸다. 혜영이를 보러 온 친구들이 적잖은 모양이었다. 괜히 내가 초라하게 느껴지는 이 기분은 또 뭐고?

이윽고 발랄한 댄스음악이 흘러 나왔다. 비트에 따라 혜영이는 춤을 추기 시작했다. 사람들이 환호하며 박수를 쳤다. 뭐야, 마술은 안 하고 웬 춤? 하지만 어느 순간, 내 몸도 비트에 따라 흔들렸다. 음악소리가 줄어들자 혜영이는 입을 열었다.

"사람들은 눈에 보이는 것만 믿습니다."

무대 앞으로 한 발짝 앞으로 다가섰다.

"보이지 않는 것은 믿지 않아요."

다시 한 발짝 다가서서 끄트머리에 섰다.

"누구 손전화 좀 빌려 주시겠어요?"

여기저기서 저요, 저요, 하고 손을 들었다.

"전화 번호 좀 알려 주세요!"

짓궂은 남자애가 소리치자, 객석이 웃음바다가 되었다.

혜영이는 방긋 웃으며 빵 총을 쐈다. 그 순간, 천장에 매달려 있던 풍선 하나가 터졌다. 풍선에 가득 담긴 색종이 조각들이 흩날리자 그 길을 따라 기다란 조명이 하나 켜졌다. 그건 나를 가리켰다. 눈이 부셨다.

"나와 주세요."

혜영이가 웃으면서 손짓을 했다. 뭐야, 내가 뽑혔다고? 내가 멍하니까, 처음부터 나를 지목한 건가? 고개를 갸웃거리며 앞으로 나갔다. 객석에 앉은 사람들이 희끄무레하게 보였다. 다리가 부르르 떨렸다.

사람들 앞에 서는 것은 익숙지 않았지만, 사람들이 잘 보이지 않아서 그런대로 괜찮았다.

혜영이는 밑이 훤하게 뚫린 길쭉한 탁상 위에 네 개의 알록달록한 광대 모자를 올려놓고 하나씩 뒤집어 속을 확인시켜 주었다.

"손전화 좀 주시겠습니까?"

"네, 그러죠."

회색 휴대 전화가 조명 빛을 받아 반짝거렸다. 혜영은 그 휴대 전화를 객석에서 볼 때 맨 왼쪽, 첫 번째 모자 밑에 두었다.

"지금부터 맞혀 주시는 거예요. 다수결로 가 볼까요?"

다시 음악이 나오자 혜영이는 나를 무대 가운데에 둔 채 돌면서 춤을 추었다. 그러면서 한 번씩 탁상 곁을 지나며 모자의 위치를 바꾸었다. 처음에는 가볍게 몸을 흔들다가, 두 번째로 모자 위치를 바꿀 때는 털기 춤을 그리고 세 번째로 바꿀 때는 섹시댄스를 추었다. 세상에 마녀가 섹시댄스라니! 관객들이 박수를 치며 환호했다. 어두운 가운데서도 남자애들의 부릅뜬 눈빛을 볼 수 있었다. 휴대 전화의 위치를 찾으려는 게 아니라 혜영이의 춤을 보는 게 틀림없었다.

"자, 맞혀 보세요. 어디에 있을까요? 손전화가 있을 것 같은 모자를 지목하면 소리를 질러 주세요."

첫 번째 모자를 지목하자 아무도 소리를 지르지 않았다. 두 번째 모자에서 서너 명이 소리를 질렀다. 이내 그들은 멋쩍은지 깔깔거리며 웃었다. 세 번째 모자에서는 소리를 지른 사람이 좀 더 많았다. 하지만 혜영이가 네 번째 모자를 지목하자 대부분의 사람들이 박수를 치며 소리를 질렀다.

"네, 얼마 움직이지 않아서 쉽게 맞힐 수도 있겠네요. 자, 열어 보겠습니다."

혜영이가 모자를 열자 관객들이 일순 조용해졌다. 그때만큼은 어둠 속에 아무도 없는 것 같았다. 첫 번째 모자를 열자 아무것도 없었다. 두 번째 모자를 열어도 마찬가지. 세 번째 모자를 열 때는 객석이 술렁였다. 어차피 남은 건 둘 중 하나였으니까. 없었다. 네 번째 모자를 지목한 사람들이 박수를 치며 좋아했다. 이건 마술이 아니라 그냥 뽑기잖아. 발표회라 마술에 서툰 걸 감안하더라도 너무 쉽게 들킨 건 아닌가 하고 사람들이 수군거렸다.

"이런 제가 졌네요."

혜영이가 멋쩍게 웃었다. 하지만 사람들은 너그럽게 박수를 쳐 주었다. 나도 박수를 치며 무대를 내려가려고 했다.

"아직, 잠깐만."

혜영이는 큰 소리로 말했다.

"손전화 가져가야죠."

"아, 맞다."

나는 뒷머리를 긁으며 네 번째 모자 앞에 다가섰다. 혜영이 마지막 모자를 들추었다. 그제야 사람들에게서 감탄사가 새어 나왔다. 거기엔 휴대 전화 대신 연두색 헝겊으로 싸인 조그만 꾸러미가 있었기 때문이다. 목 부분엔 은색 리본이 감겨 있었다. 혜영이는 줄을 느슨하게 풀러 그 속에서 무언가를 꺼내 흔들었다. 그건 분명 휴대 전화였다. 환호와 박수소리가 터져 나왔다.

"보이는 게 전부가 아니에요."

혜영이는 나를 돌아보며 눈을 찡긋 했다.

"마찬가지로 내가 옳다고 생각하는 게 다 맞는 것도 아니고. 그런 면에서 항상 내 선택을 돌아봐야 한다고 생각해요. 또 반성해 봐야 하고요. 그러다 보면 아무리 아픈 기억도, 언젠가는 선물이 되어서 돌아올지 또 알까요?"

혜영이는 연극배우처럼 독백을 이어 나갔다. 그러고는 다시 휴대 전화를 헝겊에 넣고 리본을 꼭 묶었다.

"여기 있어요, 당신의 이야기들. 고마워요."

어리둥절했다. 언제 내 휴대 전화를 헝겊으로 싸서 줄로 묶었지. 그 것도 리본으로 말이다. 춤을 추느라 정신이 없었을 텐데, 게다가 모자도 몇 번 만지지 않았는데 정말 신기했다. 다시 어두운 객석으로 내려섰다. 하마터면 발을 헛디뎌서 넘어질 뻔했다.

혜영이는 모자를 옆으로 치우고 트럼프 카드를 올려놓았다. 또 카드가 올라오는 마술을 보여 주려나? 그것도 아니면 한 장을 고르라고 한 다음 그걸 맞히는 걸 보여 주겠지? 다소 식상하긴 했지만 마술 발표회 정도의 수준이라면 충분히 할 수 있을 만했다. 첫 번째 마술은 조금 의외였지만.

"이번엔 세 분이 나와 주시겠어요? 손들어 주세요!"

혜영이의 말이 떨어지기 무섭게 앞쪽에서 두 여자애가 손을 번쩍 들었다. 혜영이가 손짓을 하자 둘이 앞으로 나갔다. 환한 조명을 받으니 얼굴이 보였다. 우리 반 아이들인 것 같았다.

"아직 한 명이 더 필요해요."

뒤통수들은 서로 눈치를 살폈다. 막상 앞에 나가긴 쑥스러운 모양이었다.

"저요!"

뒷자리에서 남자의 목소리가 들렸다.

"제가 나가겠습니다."

혜영이가 고개를 끄덕이자 남자가 무대로 올라섰다. 혜영이의 얼굴이 환해졌다. 그는…… 괴물 사냥꾼 용수였다. 용수도 초대를 받았나 보다. 하긴 이런 공연에 나 혼자만 초대 받았을 리는 없지. 괜히 기분이 그랬다.

그런데 왜 무대에 세 명이나 불렀지? 세 장을 다 맞히려나? 혜영이는 카드를 섞었다. 이번엔 미스터리 영화에 나올 법한 음악이 엷게 깔렸다. 춤을 안 춰서 차라리 다행이다 싶었다. 혜영이가 춤을 추는 건 다른 사람에게 별로 보여 주고 싶지 않았다. 그것도 섹시댄스는 더더욱.

"자, 다 섞었어요. 각자 한 장씩 뽑아 주세요."

혜영이가 카드를 내밀자, 세 명이 돌아가면서 한 장씩 뽑았다.

"이제 당신이 맞히시는 건가요?"

용수가 사냥꾼답지 않게 부드러운 소리로 말했다. 혜영이를 보는 눈빛에 잔정이 담겨 있다. 설마, 에이, 그럴 리 없다.

"아니오."

혜영이가 또 앞으로 다가섰다.

"저는 이미 답을 알고 있는걸요?"

관객들이 또다시 술렁였다. 이번엔 또 무슨 반전을 보여 주려나, 저희들끼리 결말을 쑥떡거리기에 바빴다.

"사실, 저는 숫자까지는 몰라요. 하지만 이건 알아요. 당신들이 뽑은 카드에 전부 마음이 담겼다는걸."

이건 또 무슨 소리? 카드에 마음이 담겼다고? 혜영이는 또 눈을 찡긋했다.

"그럼, 어떤 마음인지 확인해 볼까요?"

먼저 단발머리 여자애가 자신이 뒤집은 카드를 객석에 보였다. 하트 쓰리였다. 혜영이는 눈을 감은 채로 그 카드를 받아서 손에 들고 있던 카드 속에 밀어 넣었다.

"숫자가 얼만지, 그 크기가 얼만지 저는 알 수 없어요. 하지만 진심은 알 수 있지요. 따뜻한 마음이 담겼다는 것도."

"설마 하트인 걸 눈치 챈 거야?"

뒤에 앉은 누군가가 속삭이는 소리가 들려왔다.

혜영이가 웃으며 말했다.

"이 카드의 마음이 느껴지네요. 물론 정이 담뿍 담긴 하트겠지요?"

박수를 치는 사람도 있었지만, 모양을 맞힐 확률은 4분의 1에 불과하다며 시큰둥한 사람도 있었다.

혜영이는 카드를 두 패로 나누어 서로 포갠 뒤에 무지개처럼 휘어서 섞었다. 카드가 맞물리며 비 내리듯 쏟아졌다. 혜영이는 그것을 왼손에 들고 오른손 엄지와 중지로 카드 세트를 오므렸다. 그러자 놀랍게도 카드가 한 패로 모아지면서 옆면에 글자가 나타났다.

고맙습니다.

객석이 또 술렁거렸다. 그 카드를 뽑은 여자애가 갑자기 박수를 치며 펄쩍 뛰었다.

"너, 내가 나올 줄 알고 있었던 거야? 내가 너한테 하고 싶은 말인데……."

그 말에 혜영이는 웃음으로 답했다. 속눈썹 때문에 웃으니까 눈이 더 반달 같아 보였다.

"자, 다음 사람이 카드를 공개해 주세요."

청바지에 흰 티를 입은 여자애가 카드를 보여 주었다.

하트 킹이었다.

"이번에는 더 큰마음이 담겼네요."

혜영이는 눈을 감고 멋쩍게 웃었다.

"주세요."

다시 혜영이가 카드를 두 패로 나누어 서로 포개었다. 이번에는 무슨 글자가 나오는 것일까? 사람들이 숨을 죽였다. 이윽고 혜영이가 카드의 옆을 관객 쪽으로 보여 주며 카드를 쥔 오른손을 오므렸다.

미안합니다.

좀 전까지 '고맙습니다'라고 씌어져 있던 카드패의 옆면에 이번에는 '미안합니다'라는 글자가 떴다. 사람들은 놀란 나머지 그저 와, 와 할 뿐이었다. 이번에는 카드를 뽑은 여자애가 울먹였다. 여자애는 무슨 말을 하려다 얼굴을 두 손으로 감싼 채 무대를 내려갔다.

혜영이는 가만히 웃으면서 말했다.

"나는 괜찮아."

이쯤 되니 다음 카드에 무엇이 나올지 온 신경이 쏠렸다. 다음 차례는 용수다. 용수는 혜영이에게 무슨 할 말이 있으며, 또 혜영이가 들을 말은 무얼까? 뭐, 그런 게 있고 자시고 할 것도 없었는데 말이다.

"자, 마지막 카드네요."

혜영이가 눈을 감았다.

"이번엔 좀 떨리는데요?"

그 말에 내 가슴이 철렁 내려앉았다. 용수가 뒤돌아서서 관객들을 보며 멋쩍게 웃었다. 항상 인상만 쓰고 있거나, 생각에 잠겨 있는 모습만 보다 그런 모습을 보니 낯설었다. 사냥꾼이 든 패를 확인했을 때 내 마음은 한 번 더 내려앉았다. 그건 하트 에이스였다.

"와, 와!"

객석은 난리가 났다. 여학생들이 여기저기서 꺅, 소리를 질러댔다. 이번에는 어떤 글자가 카드의 옆에 새겨질지 모든 시선이 집중되었다. 혜영이는 눈을 감은 채로 그 카드를 받아들고 섞기 시작했다. 입이 바짝 말랐다. 혀끝으로 입 주위를 쓸었다. 꺼끌꺼끌하게 튼 입술이 꼭 내 마음 같았다.

사랑합니다.

좀 전의 환호소리는 우레와 같은, 아니 우박이 철제지붕에 부딪히는 굉음처럼 요란한 박수 세례로 폭발했다.

"우우우!"

남자애들도 발을 동동 굴렀다. 혜영이는 수줍게 웃으며 말했다.

"저도 우리 학교 학생들 모두를 사랑합니다."

"에이."

사람들이 눈을 가느스름하게 뜨고 아쉬운 소리를 냈다. 용수의 얼굴도 벌게졌다. 용수가 정말 혜영이에게 마음이 있나? 아니다. 그럴 리가 없다. 이건 어디까지나 확률 게임일 뿐이다. 누가 저 자리에 나갔어도 뽑는 카드와 카드 옆에 적힌 문구는 같았으리라. 이건 어디까지나 우연에 불과하다. 그 우연을 이야기로 풀어낸 마법, 그것이 바로 혜영이의 마법인 것이다.

용수가 내려가고 진행요원 몇이 무대에 올라 탁상을 치웠다. 불이 꺼졌다. 다시 음악이 흘렀다. 이 음악, 어디서 많이 들어본 것 같다. 영화 〈러브 액츄얼리〉에 나왔나? 사랑 고백을 할 때 깔리던 잔잔한 피아노 소리.

잠시 뒤 한 줄기 조명이 켜졌다. 자줏빛과 연회색이 알록달록하게 섞인 실크드레스를 입고 혜영이가 그 가운데에 섰다. 자유의 여신상이 하고 있는 뾰족한 은빛 머리띠도 했다. 장식 부분이 오톨도톨해서 공주들이 쓰는 관 같았다. 또 한 번의 변신이었다. 이러다 남자애들 다 혜영이의 팬이 되는 거 아냐? 안 그래도 반장이라서 주의를 끄는데 말이다. 아니다, 학교에 가면 다시 괴팍한 마녀로 돌아올 것이다. 그러니, 이건 악몽이다.

혜영이는 무대 가운데에 서서 연극배우처럼 독백을 했다.

"고맙습니다, 미안합니다, 사랑합니다, 이 세 가지 말은 그 자체로 마법 주문과 같다고 합니다. 언젠가 한 방송 프로그램에서 말의 힘에 대한 흥미로운 실험을 했어요. 제가 초등학교 때 본 기억이 납니다."

혜영이가 손짓하자 진행요원이 밥공기 두 개를 가지고 나왔다.

"일명 밥풀실험인데요."

혜영이가 손에 든 밥공기를 기울여 사람들에게 보여 주었다. 한쪽엔 밥 위로 하얀 곰팡이가 피었고, 다른 쪽 밥은 아예 까맣게 변색되어 있었다. 상한 밥인 듯했다.

"한쪽 밥에는 '고맙습니다, 사랑합니다.' 같은 긍정적인 말을 계속 들려주었고, 또 한쪽 밥에는 '짜증 나'같이 부정적인 말을 계속 들려주었대요. 동식물은 말할 것도 없고 하물며 밥풀까지도 말을 알아듣고 변한다는 게 놀랍지 않으세요?"

사람들이 밥공기의 이쪽저쪽을 살피느라 고개를 쭉 빼서 혜영이가 잘 보이지 않았다.

"이처럼 긍정적인 말, 마음이 담긴 말을 많이 할수록 일상이 달라진다고 해요. 학교에서도 마찬가지로 폭력이 줄어들 뿐 아니라 어른들에게는 질병 예방 효과도 있다고 하네요."

혜영이는 한동안 물끄러미 어둠을 응시했다. 사람들이 자리에 다시 앉았다. 눈이 침침해졌다. 혜영이의 실루엣이 보였다.

"제 마지막 마법은 이것이에요. 이 마법의 씨앗을 여러분에게 드릴게요. 결과는 여러분들의 삶 속에서 확인하셨으면 좋겠어요."

그러더니 손나발을 만들어 크게 외쳤다.

"여러분, 고맙습니다, 미안합니다 그리고 사랑합니다."

혜영이가 허리를 숙여 인사하자 여기저기에서 박수소리가 터져 나왔다. 다음 차례의 발표자가 나오기 전에 잠깐 쉬는 시간을 갖겠다고 진행요원이 소리쳤다. 혜영이의 주위로 많은 친구들이 몰려들었다. 개중에는 꽃다발, 아니 해바라기 한 뿌리를 들고 다가서는 용수가 보였다. 혜영이의 웃음소리가 들려왔다. 그러고 보니 나는 하나도 준비

한 게 없었다. 혜영이가 두리번거리는 게 보였다.

용수가 다가서서 해바라기를 건네자, 혜영이가 환하게 웃었다. 그래 너희들끼리 잘 해 봐라. 부아가 치밀어 그대로 홀을 뒤돌아 달려 나왔다. 괜히 왔다는 생각이 들었다. 길도 방향도 잊은 채 걷다 보니 주머니에서 무언가 진동했다. 휴대 전화가 울리나 보다. 혹 혜영이가 나를 찾는 것일까? 그럴 리가 없다. 설사 그렇다고 해도 받기 싫었다. 벨은 얼마간 울리다가 멎었다. 배터리가 다 되었는지 꺼지는 신호음까지 들렸다. 차라리 잘됐다. 토요일이라 더 북적대는 홍대거리를 헤치며 마냥 걸었다.

주말 내내 잠만 잔 것 같다. 정말…… 병인가? 학교에 간다는 생각을 하니 아무것도 하기 싫었다. 밥을 먹는 것도 잊었다. 혜영이를 볼 자신이 없었다. 그냥 이참에 다 그만두고 싶었다. 일요일 오후에 집으로 전화가 왔다.

"왜 휴대 전화를 꺼둔 거야?"

엄마였다.

"그냥 귀찮아서."

"밥은?"

"대충. 아빠는?"

"많이 좋아지셨어. 엄마는 사흘 휴가 내고 여기 더 있다가, 아빠랑 같이 올라가려고. 혼자 잘할 수 있지?"

차라리 잘됐다 싶어 그렇다고 대답했다. 괜히 팩소주가 생각났다.

156

아빠가 사 둔 것이 있을까 싶어 냉장고를 뒤졌다. 하지만 술은 없었다. 미성년자라 사 올 수도 없고, 그냥 다시 드러누웠다. 그렇게 다음 주 일요일까지 쭉 자고 싶었다.

등짐을 진 사람이 어두운 숲길에 들어섰다. 나였다. 꿈속에서도 꿈인 게 느껴졌다. 잠결에 가만히 눈을 떠 보니 엄마의 이젤이 보였다. 다시 눈을 감으니 영상이 이어졌다.

어두운, 아니 어둑어둑한 길의 끝. 목은 마르고 눅눅한 배낭은 뒷목을 눌렀다. 당장이라도 주저앉고 싶었다. 길의 끝에, 작은 빛이 보였다. 나도 모르게 온 힘을 끌어올려 빛을 향해 내달렸다. 뜀뛴다. 숨이 넘어갈 것 같다. 이대로 내 자신이 훨훨 타서 흩날릴 것 같았다.

마침내 그렇게 길 끝에 이르렀을 때 빛살 속에 들어서자 누군가 다가와 물었다.

"너는 그 빛 가운데서 무엇이 보여?"

혜영이다. 이번엔 진짜 수도사들이 입는 옷을 걸치고, 품이 넓은 모자를 푹 뒤집어썼다.

땀을 닦는 척하며 얼마나 머뭇거렸을까? 머릿속이 깜깜했고 내리깐 눈꺼풀 속으로 새살거리는 빛살이 보였다.

"나는 밤하늘의 별이 보여."

"뭐라고?"

"별이."

"그냥 별?"

"작은 별."

작지만 우주 반대편까지 뚫고 나갈 것처럼 강렬한.

"별똥별?"

"별똥별이라도 좋아."

"별똥별은 이탈하는 거 아냐?"

"그건 아니지만, 것도 좋네."

"에이."

"그렇게 획을 긋는 것도."

혜영이는 한참이나 내 눈을 들여다보다가 배낭에서 꺼낸 포도주를 들이켰다. 술이다. 나도 그것을 받아 마신다. 그제야 조금 갈증이 풀렸다.

"그건 다른 사람들이 바라보는 네 모습이야."

"응?"

"다른 사람들이 보는 네 모습이 별 같다고."

"그걸 어떻게 알아?"

"나도 네가 그렇게 보였으니까."

"심리 테스트야?"

"마음대로 생각해."

"쳇."

"어쩌면 무영이 네가 더 잘 알지도 모르지."

"어떻게?"

"스스로 타들어가고 있으니까."

"무슨 소리야?"

"무서운 건 정작 네 자신일지도."

"지랄."

"무슨 말버릇이 그러니!"

"아니, 나 말이야."

"뭐?"

"그렇다면 별똥별보다 지랄별이 어울리겠다고."

"지랄?"

"염병."

혜영이는 모자를 벗고 웃었다. 나는 웃지 않았다. 무언가 혜영이에게 더 묻고 싶은 게 있었다. 하지만 입을 열려고 하자, 꿈속의 장면이 바뀌었다.

바닷길 앞에 커다란 사과가 놓여 있었다. 여긴 어딜까? 내 키보다 높은 거대한 사과. 나는 주위를 두리번거렸다. 어딘가에서 거인이 나를 보고 있을지도 모르겠다는 생각을 했다.

이 사과는 누구 것일까?

다시 혜영이를 떠올렸다.

사과에 가까이 다서서서 손을 대보았다. 그 순간, 사과가 두 쪽으로 나뉘었다. 그 안에서 내가 나왔다. 나는 여기 있는데, 또 다른 내가 손에 든 작은 사과를 건넸다.

"한번 먹어 볼래?"

"싫어."

"혜영이도 이미 먹었는걸."

"뭔 짓을 한 거야?"

"용수도 먹었어."

"나는 싫어."

"그러니까 약한 거야."

"먹으면 달라져?"

"강해지지."

"그래도 싫어."

"좋아, 독은 빼 주지."

"독이 있었던 거야?"

"독은 누구에게나 있어."

"무슨 소리야?"

"네 안에도."

녀석이 독 사과를 내 앞에 들이밀었다. 뒤돌아 달렸다. 하지만 아무리 달려도 러닝머신 위를 걸을 때처럼 그 자리였다. 허기가 지니 배가 고파졌다. 다시 돌아보니 아무도 없었다. 나는 땅에 놓여 있던 사과를 한 입 베어 물었다. 그때부터는 아무런 꿈도 꾸지 않고 쭉 잤다. 적어도 꿈을 꾸다가 깨진 않았으니, 잔 게, 확실할 것이다.

괴물의 정체

아침 조회 시간인데 불곰은 들어오지 않았다. 그 때문에 여자애들의 수다가 더 늘었다. 힐끗 뒤돌아보니 한수 패거리의 자리는 여전히 비어 있었다.

마술 공연 때문인지 혜영이 주위에는 더 많은 애들이 몰렸다. 아예 다른 반 아이들도 쉬는 시간만 되면 원정을 왔다. 그 때문에 나만 더 피곤해졌다. 차라리 잘된 건지도 모른다. 같이 얘기할 시간이 없어졌으니까. 아침에 학교에 오면서 걱정한 것도 바로 그것이었다. 혜영이를 어떻게 볼까? 마주치면 무슨 말을 할까?

하지만 혜영이는 아무 말도 하지 않았다. 내가 전화를 받지 않아서 화가 났나? 뭐, 용수랑 잘 놀았을 테니 굳이 화낼 필요는 없겠고, 인기가 많으니 나 따위는 눈에 들어오지도 않겠지.

"얘, 너 지난 토욜에 짱 멋있었어."

"소름이 돋을 정도였다니까."

"맞아, 맞아."

여자애들은 저희들끼리 깔깔거리며 좋아했다. 혜영이는 그런 애들에게 고맙다며 눈깔사탕을 나누어 주었다.

"근데 그 남자애는 누구니?"

"누구?"

"왜 그 사랑한다는 글자."

"아, 그냥 아는 오빠."

오빠라는 말이 신경 쓰였다. 하지만 이젠 상관없다. 혜영이는 그 말을 하면서 뒤를 힐끗 돌아보았다. 나는 재빨리 엎드려서 자는 시늉을 했다. 혜영이는 오늘 푸른색과 감색이 섞인 체크무늬 망토를 걸쳤다. 역시 마녀로 돌아온 것이다. 저 애가 정말 지난 토요일 마술무대에서 춤을 추던 그 애가 맞을까?

잠시 뒤 어깨가 축 처진 불곰이 들어왔다.

"늦어서 미안. 여러 가지로 골치가 좀 아프네."

불곰은 몇 가지 전달사항을 말하고 휭하니 교실을 나갔다. 반 아이들도 어리둥절한 눈치였다. 그도 그럴 것이 평소에 학생들한테 시비 걸기 좋아하는 불곰이 다소곳하니 이상한 게 당연했다.

혜영이는 갑자기 휙 돌아서 날 보았다.

"찾았대, 끝판 왕."

"끝판 왕?"

"그림자괴물 말이야. 숙주로 의심되는 사람도 사진기에 담았다나 봐. 멀리서 보긴 했지만 보통 괴물이 아닌 것 같았대. 좀 있다 점심시간에 사진 현상한다니 같이 가자."

혜영이는 그 말만 하고 다시 앞을 보았다. 대답도 듣지 않고. 웬만하면 이제 용수와도 어울리지 않으려 했는데, 솔직히 그림자괴물은 조금 궁금했다. 도대체 어떤 녀석일까? 어떤 녀석이기에 불량 학생들을 물어뜯을까?

아이들의 화제 역시 그림자괴물에 대한 것뿐이었다. 이미 뾰족괴물과 글자괴물의 출현을 본 아이들은 직접 보진 않아도 그림자괴물의 일거수일투족에 관심을 기울였다.

"지난 주말에 그림자괴물이 나타났다며?"

"어, 일진 소탕에 나섰대!"

"리바이어던을?"

"응."

"혼자?"

"어."

"어떻게 생겼는데?"

"밤에만 나타나서 잘 모르겠대."

대화는 이런 식이었다.

수업시간 내내 나는 집중할 수 없었다. 정년을 앞둔 백발의 국어 선생님이 각자 골라 온 시를 읽게 했지만, 다행히 나는 걸리지 않았다.

"다음은 반장 거, 한번 들어볼까?"

"네, 윤동주의 자화상입니다."

"그래, 시작하렴."

"근데 선생님, 시어를 좀 바꿔서 읽어도 될까요?"

"어떻게?"

"여기 나오는 '사나이'란 말을 '소녀'로요. 제가 감정이입을 해서 읽어 보고 싶었거든요. 그래서 마음에 더 들기도 했고요."

"허허. 재밌겠는걸. 읽어 보렴."

할배 선생님이 할배처럼 웃었다.

"올."

반 아이들도 묘한 소리를 내며 호응했다. 혜영이는 그런 아이들의 지지에 화답하듯 쌩긋 웃어 보이고는 낭독을 시작했다.

자화상

윤동주

산모퉁이를 돌아 논가 외딴 우물을 홀로 찾아가선
가만히 들여다봅니다

우물 속에는 달이 밝고 구름이 흐르고 하늘이 펼치고
파아란 바람이 불고 가을이 있습니다

그리고 한 소녀가 있습니다
어쩐지 그 소녀가 미워져 돌아갑니다

돌아가다 생각하니 그 소녀가 가엾어집니다
도로 가 들여다보니 소녀는 그대로 있습니다

다시 그 소녀가 미워져 돌아갑니다
돌아가다 생각하니 그 소녀가 그리워집니다

우물 속에는 달이 밝고 구름이 흐르고
하늘이 펼치고 파아란 바람이 불고
가을이 있고 추억처럼 소녀가 있습니다

시 낭송이 끝나고 한동안 교실은 고요했다. 익히 알고 있는 시였지만 혜영이가 사나이를 소녀로 바꿔 읽으니 전혀 다른 느낌이 들었다.

"잘했다. 새롭구나."

"큰 이유는 없어요. 그냥 이야기 속의 아이가 저랑 닮은 것 같아서요."

할배 선생님이 고개를 끄덕였다. 나는 원래대로 '사나이'를 넣어 그 시를 머릿속으로 떠올려 보았다. 우물 속에 있는 사나이와 우물 밖에 있는 사나이. 우물 속에 있는 나와 우물 밖에 있는 나. 이래저래 헷

갈리고 머리가 아팠다.

우리 집 거실에 걸린 엄마의 자화상도 떠올랐다. 엄마는 무슨 생각을 하며 그 그림을 그렸을까? 나도 한번 나를 그려 볼까? 별별 상상을 하고 있는데 혜영이가 내 책상을 똑똑 두드렸다.

"안 갈 거야?"

"어딜?"

"숙주 사진 보러."

"벌써 점심시간이야?"

시간이 훅 갔다. 배고픔도 잊고 혜영이를 쫓아 나섰다. 하지만 청심동산에 올랐을 때 용수는 보이지 않았다.

"좀 기다리자. 아직 안 왔나 봐."

"사진부실로 바로 안 가고?"

"용수가 와야 가지."

혜영이가 혀를 샐쭉 내밀었다. 혜영이는 역시 내 눈을 똑바로 쳐다보지 못했다. 그건 나도 마찬가지였다. 우리는 서로 비스듬히 선 채로 운동장만 내려다보았다. 용수가 뛰어오는 게 보였다. 평소라면 손을 주머니에 넣고 천천히 올 텐데 오늘따라 급해 보였다. 정말 그림자괴물을 포착한 것일까?

괴물 사냥꾼은 언덕을 반쯤 올라오다 말고 손을 흔들었다.

"얘들아, 가자."

사냥꾼의 손짓을 신호로 혜영이와 나는 청심동산을 내려갔다. 용수를 따라 동아리방이 모인 건물로 가는 동안에 셋은 한 마디도 하지 않았다. 뭔가 어색한 기류가 흐르는 것만은 분명했다. 그게 뭔지 알 수 없었지만 기분이 나빴다. 자꾸 마술 공연에서 본 두 사람의 모습이 떠올랐다.

사진부실은 잠겨 있었다. 점심시간이라 다른 부원들이 올 수 있었지만, 용수는 열쇠로 문을 따고 우리가 들어서자 안에서 다시 문을 잠가 버렸다.

"귀찮으니까. 후배들한테 오늘은 오지 말라고 해뒀어."

용수가 씩 웃었다.

"자, 그럼 괴물 사냥을 시작해 볼까?"

끝판 왕, 최종 보스라고 했다.

오랫동안 학교에 숨겨진 비밀이 드러나는 순간, 드디어 아이들을 괴롭히던 괴물이 등장할 시간이다. 나와 혜영이, 그리고 괴물 사냥꾼 용수는 숨을 죽인 채 암실에 들어섰다.

허름한 동아리 건물 맨 안쪽에 자리해서인지 군데군데 틈이 많았다. 용수가 작은 휘발유 통같이 생긴 걸 가져오더니 안에 있는 약품을 커다란 비커에 담았다. 과학 실험실에서 맡았던 알싸한 냄새가 날 줄 알고 코를 쥐었는데 슬쩍 손을 푸니 별 냄새가 나지 않았다.

"엄살은."

혜영이가 고개를 흔들었다. 용수는 비커를 기울여 노란 사기그릇에 부었다. 필름카메라에서 필름을 꺼내고, 한쪽 책상 서랍을 열었다.

용수가 인화지를 뽑아 흔들었다.

"암실로 들어가자."

내가 물었다.

"여기가 아니고?"

용수가 큰 눈을 더 크게 치켜떴다.

"문이 하나 더 있잖아."

두 눈을 비비고 다시 보니 어둠 속에서 작은 문이 하나 더 보였다. 이곳이 진짜 암실이구나. 좁은 암실로 들어섰다. 아늑한 기분이 들었다. 나와 혜영이는 빛이 새어들지 않게 창문을 꼭 닫고 검은 장막을 쳤다.

용수가 말했다.

"뭐 들을래?"

노란 오디오가 눈에 들어왔다.

혜영이가 말했다.

"아무거나."

내가 말했다.

"이런 다급한 상황에 웬 음악?"

용수가 눈을 찡긋했다.

"너희들한테 한 얘기가 아니라 사진기에게 한 얘기거든?"

버튼을 누르자 전자기타의 소리가 잔잔하게, 그러나 한 줄, 한 줄 기타 줄 울림소리가 흘러나왔다. 뭔가 애잔하면서 우울하고도 슬픈 느낌이 들었다.

"이제 불을 끌게."

탁 소리가 나자 갑자기 세상이 붉게 물들었다. 핏빛 같기도, 봉숭아물 같기도 한 붉은 어둠이 셋을 감싸 안았다. 용수는 확대기 밑에 필름을 끼어 놓고 얼마간 빛을 쏘아 주었다. 마치 물뿌리개로 빛을 뿌리는 것 같았다.

"궁금한데? 도대체 어떤 괴물인지."

혜영이가 속삭였다. 용수는 빛을 머금은 인화지를 꺼내어 현상액을 담은 노란 바트에 담갔다. 그러곤 가만히 흔들었다.

암실 한쪽에 놓인 용수의 사진기가 반짝였다. 어차피 그림자괴물은 사진에 찍히지 않았을 것이다. 용수가 낡은 사진기에 담은 것은 그림자괴물의 숙주이리라.

"자, 기대하시라."

용수가 목소리를 낮게 깔았다. 지금껏 포착해 내지 못한 거대한 무엇이, 단순한 뾰족괴물이나 글자괴물과는 또 다른 녀석이 그 안에 있겠지.

"얼마나 더 기다려야 돼?"

혜영이가 재촉했다. 용수가 다섯 손가락을 폈다. 혜영이는 고개를 끄덕였다. 나는 침을 삼켰다.

"그나저나 그림자괴물은 어떻게 잡아?"

용수가 팔짱을 끼며 말했다.

"그게 쉽지가 않아. 다른 것들은 숙주에서 괴물을 분리하기가 쉬웠는데, 그림자괴물 같은 경우는……."

"어떻게 떼어 내지?"

혜영이가 채근했다.

"우리가 뭘 도와주면 될까?"

"그림자가 없어지려면"

용수가 한숨을 쉬었다.

"그 본 대상이 없어져야 해."

"뭐라고?"

나는 깜짝 놀라서 물었다.

"그게 무슨 말이야? 그럼 숙주를 해쳐야 한다는 거야?"

"말하자면 그렇다는 거야. 생각해 봐. 그림자를 없애는 건 불가능해. 어떤 곳에 돌의 그림자가 있다고 해봐. 돌 그림자를 없애려면 돌을 치우면 되는 거잖아. 그게 다야."

우리는 한동안 멍하니 서서 인화지만 바라보았다.

"다만 한 가지……."

용수의 말에 혜영이와 내가 동시에 되물었다.

"그게 뭔데?"

"그림자괴물이 숙주의 부정적인 마음에서 비롯된 것이라면, 그러니까 어떤 분노나 복수심, 피해의식에서 비롯된 것이라면 바로 그 자신의 어두운 일면을 바라보게 해서 스스로 어둠을 지우는 방법밖에 없

170

어."

"그게 무슨 말이야?"

혜영이가 물었다.

용수는 이번에도 한동안 생각에 잠겼다. 우리가 이야기를 나누는 동안 인화지에는 서서히 사람의 형상이 드러났다. 용수가 그것을 집어서 흔들었다.

"이렇게 하자. 일단은 강렬한 조명이 필요해. 땅에 고정할 수 있으면 좋고, 빛살 자체가 레이저처럼 직각으로 나갈 수 있었으면 좋겠어. 또 진한 주홍빛보다 눈부실 정도로 하얀……."

"그거라면 마술공연에 쓰는 조명을 구해 올 수 있어."

"네 개가 필요해."

"그렇게 많이?"

"사방에서 쏠 수 있게. 그렇게 되면 그림자는 결국 숙주의 발치에 묶어 둘 수 있거든. 물론 그 와중에도 그림자괴물은 어디로 튈지 몰라."

"나랑 무영이가 해 볼게. 그런 다음엔?"

"솔직히 그림자괴물은 처음이라 나도 잘 모르겠어. 어떤 행위, 어떤 기도를 해야 숙주의 마음속에 맺힌 사념을 끌어낼지, 그리고 어떻게 해야 그림자괴물을 쫓아낼 수 있을지."

"더 이상 그림자괴물의 습격을 용납할 수 없어. 숙주도 그래. 벌써 몇 명째야?"

씩씩거리던 혜영이가 두 팔을 걷어붙였다. 인화지 속에서 검은색과 흰색이 나뉘었다. 용수는 그것을 또 다른 노란 통에 담그고는 한쪽 수돗물을 틀어 헹궈 냈다. 그러곤 얼마간 허공중에 사진 몇 장을 휘휘 흔들었다.

"알아볼 수 있겠어?"

"……이 사람은?"

안 그래도 붉은 어둠 속에서, 혜영이의 얼굴이 더 발갛게 달아올랐다. 혜영이가 아랫입술을 깨물었다. 용수도 사진을 힐끗 보고 가만히 두 눈을 감았다. 사색이 된 혜영이는 한 손으로 입을 막았다.

"어디, 나도 좀 봐."

내가 손을 뻗자 혜영이가 사진을 든 손을 뒤로 뺐다. 혜영이도, 용수도 물음표를 머금은 눈으로 나를 보았다. 물음표보다는 두려움이 담겼다고 할까, 음악소리 때문인지 그 표정이 슬프게 느껴졌다. 혜영이가 마침내 사진을 내밀었다.

"말도 안 돼."

사진 속 인물을 확인한 나는 그 자리에서 사진을 찢어 버렸다. 어지럼증이 밀려들었다.

아아, 울고 싶었지만 숨이 막혀 울음도 나오지 않았다. 암실에서 현상한 사진 속 숙주는 나였다. 분명히 내가 골목 한쪽에서 고등학생 형들과 대치하고 있었다.

용수가 말했다.

"어두워서 너라고는 상상도 못했어. 나무영, 네가 사라진 뒤에도 그림자괴물은 인근 공원을 배회했어. 물론 늦게까지 서성이는 애들 몇을 물어뜯었고. 전에는 불량학생만 건드렸는데 어제는 가출한 애들도 습격했다더라."

"그럴 리가. 나는 주말 내내 잔 기억밖에 없는데……."

"그럼 이 사진은 뭐고?"

말도 안 된다. 암실을 뛰쳐나와 달렸다. 어디로 달리는지도 자각하지 못한 채 달리고 또 달렸다.

어떻게 그 사진에 내가 있을 수 있을까? 어둠 속에서도 내 모습이 선명했다. 숙주의 입꼬리는 한쪽으로 올라가 있었다. 게다가 내 앞에는 교복을 입은 남자애들이 뒹굴고 있었다.

용수가 같이 건넨 또 다른 사진에도 내가 있었다. 다른 학교 아이들도 내 앞에 엎드려 있었다. 어떤 사진에서는 액션게임에 나오는 싸움꾼 캐릭터처럼 내 손날이 부챗살처럼 펼쳐져 있었고, 이단옆차기를 하는 모습도 보였다. 아직 성치도 않은, 게다가 붕대까지 두른 오른손을 수시로 뻗고 접었다.

학교의 담장이 보이다가 사라졌다. 도로가 보였다. 버스와 트럭이 보였고, 다시 골목길이 보였고, 옹기종기 모여 앉은 집들의 지붕이 보였다.

도저히 이 상황을 받아들일 수 없었다. 그 사진 앞에서 나를 보던 혜영이의 표정을 잊을 수 없었다. 어떻게 된 거니? 혜영이는 눈으로 묻고 있었다. 실망감이 서려 있었다. 용수도 마찬가지였다. 용수는 진작 내 정체를 알아차렸을지도 모른다. 그러면서 일부러 혜영이에게 사진을 보여 줬을지도 모른다.

"말도 안 돼! 이건 있을 수 없는 일이야!"

가파른 길을 뛰어오르며 소리쳤다.

"야아아아!"

숨이 턱에 바쳤다. 하지만 멈출 수 없었다. 호흡이 가쁠수록 나는 나 자신을 더 몰아붙였다. 어떻게 이런 일이 가능할 수 있단 말인가?

오후 수업이 시작되었겠지만 발걸음을 돌리지 않았다. 그대로 집으로 향했다. 불곰이 전화를 해도 받지 않을 것이다. 반장인 혜영이가 찾아와도 만나지 않을 것이다. 아니, 혜영이는 괴물 사냥꾼과 노느라 나 따위는 생각지도 않으리라. 가슴속에 뜨거운 무엇인가가 자꾸 솟구쳤다.

집에 들어서자마자 나는 엄마의 초상화가 걸려 있는 거실 안쪽의 거울 앞에 섰다. 발끝까지 보이는 전신거울 안에 웬 어리숙한 놈이 있다. 교복은 땀으로 흠뻑 젖었고, 땀방울이 송송 맺힌 머리카락은 까치둥지 같다. 눈썹은 짙었지만 눈두덩은 두터웠고, 콧등은 쭉 뻗었지만 콧구멍은 크다. 입술은 두툼했지만 핏기를 잃었다. 그런 내 모습이 바보 같아서 나는 나에게 손가락질을 했다.

"야! 너는 도대체 누구야!"

대답이 없다.

"대체 무슨 짓을 한 거야! 몽유병이라도 걸린 거냐고!"

나는 왼손을 들어 스스로 뺨을 한 대 찰싹 때렸다. 맞아도 싼 놈이다. 그래, 그러니까 그런 이상한 사진에 찍히고. 그건 분명 내가 때린게 아니라 아마도 그 애들이 시켰을 거다. 그렇게 내가 때리는 시늉을 하면, 사진을 찍어 놓고 거꾸로 나를 몰아붙이려고.

용수는 그런 정황을 모르니 나를 오해할 수밖에. 혜영이도 그렇다. 지금 당장 학교에 가서 말을 해 줄까? 그렇지 않으면 그림자괴물의 숙주는 나라고 소문이 날지도 모른다. 학교 아이들은 어떤 표정을 지을까. 불곰은 또 뭐라 해코지할까? 안 된다. 나는 그저 괴롭힘을 당했을 뿐이다.

"너는 그런 놈이니까!"

다시 왼손을 치켜든다. 이번엔 더 힘주어 내 왼뺨을 후려치려는데, 그런 내 왼손을 오른손이 잡아챈다. 이건 또 무슨 경우지? 나는 나를 때리고 싶단 말이다. 다시 오른손에 힘을 주어 뒤로 뺀다. 하지만 붕대를 감은 손엔 통증만 남는다.

"이 바보 같은 놈, 자기 자신도 통제하지 못하는 놈!"

거울을 바라보며 못난 나에게 소리쳤다.

"병신 새끼."

그때였다. 누군가 나에게 욕을 뇌까렸다. 어디지? 집 안에는 나 혼자밖에 없는데, 이건 또 뭐지?

"등신."

누구지? 어디야? 어떤 놈이야? 주위를 둘러보았지만 역시 아무도 없다. 다시 거울을 들여다본다. 맙소사! 거울 속의 내가 씩 웃고 있었다. 한쪽 입꼬리가 올라가 있고 눈빛은 차갑다 못해 싸늘하고 매서웠다. 핏기 잃은 입술엔 푸른빛이 돌았다. 나도 모르게 뒤로 한 발 물러섰다.

"나야, 바로 나."

퍼런 입술이 저 혼자 움직였다. 분명 내가 낸 목소리인데, 너무도 달랐다. 낮고 차가웠다. 그런 내 모습을 피해 달릴 수만 있다면 그렇게 하고 싶었다. 허나 거기까지였다. 이내 두 발도 거울 앞에 묶였다. 무서워하는 나는, 무서운 나에게 꼼짝없이 잡혔다.

무서운 내가 말했다.

"이 새끼야, 정신 차려. 그러니까 만날 뒤지게 맞지."

무서워하는 내가 대답했다.

"넌 누구니?"

"난 너야."

"네가 나라니 무슨 소리야?"

무서운 내가 차갑게 웃으며 말했다.

"걱정 마. 내가 복수해 줄 테니까."

"그건 또 무슨 말이야?"

"아직도 기억 안 나니?

붕대를 감은 두 손이 내 목을 움켜쥐었다. 그 힘에 밀려 나는 뒤로 물러섰고, 이내 벽에 몰렸다. 컥컥, 뻘건 손이 목을 더 힘껏 졸랐다.

"이러지 마, 놔두란 말이야."

뻘건 손이 풀어졌다. 무서운 내가 낄낄거리며 거울 앞으로 바투 다가섰다. 그리고 손가락질을 했다.

"현동이를 어떻게 잃었는데? 정말 기억 안 나?"

"그게 무슨 소리야? 현동이를 잃다니!"

나는 고개를 저었다.

"그 집 부모님은 네 부모님과 친구이기도 했지. 대학교 때부터 각별했으니까. 물론 너희 둘도. 너희는 학교도 같이 가고, 같이 왔으며, 숙제도 같이 했고, 학원도 같이 다녔지. 물론 너는 그 집 아버지의 체육관 일을 도우며 틈틈이 권투도 배웠어. 현동이는 무섭다고 얼씬도 하지 않았지만 말이야. 두 집 부모들은 어째 제 엄마, 아빠보다 둘이 더 애틋하냐며 질투도 했고. 아무튼, 그랬던 너희 둘이 어느 날엔가 집에 가다가 그 리바이어던인가 하는 것들에게 걸렸지. 그 자식들은 악질이라서 돈 같은 건 심심할 때나 뺏거든. 그럼 너희 둘에게 뭘 시켰을까? 때리는 것도 이미 진력이 난 새끼들이."

"듣고 싶지 않아!"

"듣는 게 신상에 좋을 거야. 안 그러면 지금부터 한 시간 동안 너를 때릴 거거든. 같은 몸이라고 봐주지 않아. 고통은 내게 기쁨이니까. 하지만 너에겐 그렇지 않을 거야."

더는 아무런 대꾸도 할 수 없었다. 무서운 내가 흡족한 얼굴로 고개를 끄덕였다.

"그 중 한 새끼가 네 뺨을 쳤지. 너의 단짝인 현동이가 달려와 이러지 말라며 바동거렸어. 그 새끼는 주먹을 날려 현동이의 코뼈를 분질러 놓았어. 이내 식상해진 녀석들은 그 제물을 자신들 일진의 짱에게 바쳤지. 일짱, 그 놈은 이제 3학년이 될 거야. 소년원 한 달 처분이라고 들었거든. 곧 나올 거야. 리바이어던은 2학년부터는 정체를 잘 드러내지 않아. 2학년쯤 되면 더 이상은 중삐리는 건드리지 않아. 어쨌든 그 짱 새끼가 너희 둘에게 명령을 내렸어. 너희는 벌벌 떨면서도 따를 수밖에 없었지. 처음에 너는 권투 좀 배웠다고 대들었어. 죽도록 맞았지. 너 혼자 맞는 건 괜찮았어. 근데 현동이까지 맞는 건 너도 참을 수 없었지. 이렇게 맞다가는 죽을지도 모르겠다는 생각까지 들었어. 그때 짱 새끼가 너한테 말했어. 야, 니 친구 얼굴 한 대 갈겨. 처음에 너는 그럴 수 없다며 발버둥 쳤어. 하지만 짱 새끼가 벽돌을 집자 현동이가 먼저 공포에 질려 오른손을 치켜들었지. 넌 고개를 끄덕였어. 친구야, 쳐도 괜찮아. 이런 눈빛. 현동인 울면서 너에게 주먹을 날렸어. 제일 좋아하는 단짝에게 말이야. 그게 끝이 아니었어. 짱 새끼는 이번에는 너에게 말했어. 니가 맞은 것보다 더 세게 이 배신자 새끼를 치라고. 배신자라는 말에 현동이의 얼굴이 벌게졌어. 너는 절대 그럴 수 없다며 울부짖었지. 짱 새끼는 이번엔 벽돌 대신 깨진 소주병을 거꾸로 집어 들었어. 혹 현동이가 잘못될까 봐 넌 억지로 현동이 얼굴에 주먹을 날렸어. 하지만 넌 알았지. 아프지 않게 때리는

178

법을 말이야. 짱 새끼가 이번에는 현동이에게 말했어. 네가 맞은 것의 두 배로 저 배신자 새끼를 쳐라. 현동이는 이미 공포에 잠식되어 팔을 마구 휘둘렀어. 그래도 너는 현동이를 사랑했지. 어쩔 수 없는 걸 알았으니까. 그 민망함과 당혹감, 미안함 한편에 서운함이 고개를 들었지만 말이야. 그걸 이기지 못했을까? 네 주먹에도 살짝 힘이 들어갔던 거야. 이해해. 그때 너희는 아직 중삐리에 불과했으니까. 그렇게 대여섯 번 순번이 돌아간 뒤에는 무슨 일이 벌어진 줄 알아? 그 짱 새끼가 시키지 않았는데도 너희 둘은 저희들끼리 돌아가며 세상에서 둘도 없는 친구의 얼굴에 주먹을 날렸어. 네 얼굴은 현동이의 손톱에 긁혀 피투성이가 될 정도였어. 그럼에도 너는 손아귀에 계란 하나를 쥔 것 같은 간극을 두어 현동이를 아프지 않게 쳤어. 천식을 앓던 현동이의 호흡이 가빠졌지. 짱 새끼가 들었다 놓았을 뿐인 벽돌을 먼저 집어 든 건 현동이었어. 현동이는 흰 눈을 까뒤집고는 네게 그걸 휘둘렀지. 다행히 비껴갔지만, 그 벽돌은 네 가슴을 찢어 놓았어. 물론 너는 알았어. 현동이가 이미 제 정신이 아니고, 지금 현동이가 휘두르는 주먹은 네가 아닌 그놈들을 향해 있다는 것을 말이야. 하지만 이도저도 할 수 없었어. 너의 힘은 턱없이 부족했거든. 급기야 네가 집어 든 건 깨진 소주병이었어. 그걸 현동이에게 휘두르는 척하다가 짱 새끼를 칠 생각이었지. 숨이 터질 것 같던 그 순간에, 하지만 너도, 현동이도 끝내 기절하고 말았어. 비참했지. 왜냐고? 바닥에 널린 병조각 하나가 현동이 볼을 그어 놓았거든. 나중에 정신이 든 너희는 경찰서에서 있는 그대로 진술했지만, 리바이어던은 사라진 뒤였어. 잡힌다 해도 뭐라 해코지할 수 없었지. 증거가 없었거든. 그 새끼들은 팔짱만 끼고 있었으니까. 녀석들은 이미 그런 상황을 숱하게 겪어 봤기에 그런 짓을 시킨 거야. 겁을 주면서. 인간이 할 수 있는 가장 잔인하고도 무서운 일이었지. 하지만 그들 입장에서는 뒤끝 없는 재미였지. 누가 봐도 싸운 건 너희 둘뿐이니까. 그 후 너흰 다시 만날 수 없었어. 너는 몇 번이고 현동이의 병실을 찾아갔어. 그 애는 만나 주지 않았고, 얼마 지나지 않아 손목을 그었어. 그러곤 영영 깨어나지 않았지. 그렇게 겁 많던 애가. 너는 세상이 무너져 내리는 줄 알았어. 그대로 뒤로 자빠져 눈을 까뒤집고 게거품을 물었지. 그렇다고 너한테 지랄병이 생긴 건 아냐. 너는 현실을 감당할 수 없었을 뿐이야. 손목을 어떻게 긋는 줄 몰랐던 너는, 손목 대신 가슴팍을 그었어. 나는 그런 네 모습을 처음부터 끝까지 모두 지켜보았지. 내가 필요하겠다 싶었어. 그렇지 않았다면 우리 둘 다 이 세상에 없었을지도 모르니까. 네가 의식을 잃고 내 뒤로 숨는 동안, 나는 네 대신 복수해야 할 녀석들의 명단을 작성했지. 그림자괴물? 어쩌면 그 숙주는 나인지도 모르지. 하지만 지금 우리를 막을 수 있는 사람은 아무도 없어. 설사 그 괴물 사냥꾼인가 뭔가가 온다 해도 말이야."

어디서부터 솟았는지 모를 울분이 온몸을 휘감았다. 내 안, 깊은 곳에서 흐느낌 소리가 들려왔다. 하지만 그건 내가 우는 게 아니었다. 나는 그대로 교복 상의를 잡아 찢었다. 단추가 툭툭 떨어져 나갔다.

그제야 가슴팍 아래쪽에 그어진 칼자국이 보였다. 무협영화에서나 보았을 법한, 엑스 표시의 상처 자국이 선명하게 드러났다. 이것을 내가 스스로에게 가한 것이라고?

무서운 내가 이어서 말했다. 격앙되었던 말투가 가라앉았다. 어찌 들으면 쓸쓸하게 느껴지기도 했다.

"거기서 끝난 게 아니야. 문제는 소문이 퍼지면서 시작되었지. 아이들은 이미 소문을 들었어. 리바이어던 따위, 실체가 없었지. 그보다는 둘이 싸운 것에 주목했고, 한쪽이 자살한 것에 집착했지. 그러던 어느 날, 넌 카톡을 보다가 몇 번이고 눈두덩을 비벼야 했어. 믿을 수 없었지. 그나마 너랑 친분이 있던 몇몇 애들마저 너에게 등을 돌렸거든. 그뿐인 줄 알아? 그 애들은 카톡 상태 메시지 칸에 한 글자씩만 적어 두었지. 그것도 자기 이름순으로 말이야. 이상하게 생각한 네가 그 글자를 하나씩 차례로 읽어 보았어. 그러니까 이런 문장이 나오더군. 나무영 살인마 재수 없어. 그걸 본 너는 손에 잡히는 건 무엇이든 내던지기 시작했어. 누구도 손을 쓸 수 없었지. 더는 다가설 수도 없었어. 창가로 뛰어간 네가 다리 한쪽을 창밖에 걸쳐 놓았거든. 더 다가오면 뛰어내릴 거야, 너는 소리쳤지. 너는 그 와중에도 맨손으로 유리창을 쳤어. 무엇이든 네 스스로를 괴롭히고 싶었거든."

무서운 내가 말을 마치고 물끄러미 거울을 들여다보았다.

"그때 내가 완전히 각성한 거야."

그제야 잊고 있던 기억들이 하나둘씩 선명해지기 시작했다. 두 눈에서 뜨거운 눈물이 흘렀다. 현동이의 죽음이 비로소 현실로 다가왔다. 단짝 현동이를 죽인 건 나인 셈이다. 죄책감과 미안함이 온몸을 휘감았다.

"그런데 넌 왜 이런 말을 내게 하지?"

"네가 말했잖아. 나를 불러내면서 복수해 달라고, 아주 죽여도 좋다고. 분명히 네가 그랬어. 오른손으로 벽이란 벽은 모두 내려치면서 나를 불렀지. 네 안에 숨겨진 악마인 나를 말이야."

그럴 리가! 말도 안 된다. 내가 지금 이 녀석을, 이 그림자괴물의 숙주를 불러냈다고?

거울 속의 내가 말했다.

"그래서 그간 내가 추적을 좀 해왔지. 뭐, 굳이 추적을 할 필요도 없긴 했어. 그저 학교 앞 골목을 밤에 좀 돌아다닌 것뿐. 알아서 그 리바이어던이 다가오더군. 몇 명 족치니까 먹이사슬처럼 그 위의 놈들이 나오더라고. 곧 1학년 짱이 너에게 찾아올 거야. 그 다음은 베일에 싸인 2학년 짱이 그리고 마지막은……."

"마지막은?"

"너를 이런 병신으로 만든, 지금은 3학년이 되었을 그때 그 짱을 죽이러 가야지. 그 자식은 이후로 소년원에 가서 나이만 그렇다는 애기야. 하지만 리바이어던은 학교를 다니든 다니지 않든 개의치 않아. 그냥 그 녀석이 열아홉 살 중에 짱인 거야. 학교의 경계도 없지. 그냥 이 지역의 일진들이 모인 조직이야. 곧 출소할 거야. 그 자식의 이름

은 이석구. 출소하는 날이 곧 내 손에 죽는 날이지. 나는, 아니 우리
는 그 새끼를 죽일 거야."

더 무슨 말을 해야 할지 몰라 그대로 주저앉았다. 너무도 많은 사
실을 떠올려 버렸고, 그 고통의 기억들을 다시 떠안을 생각을 하니
두려움이 밀려들었다. 가만히 앉아 있어도 온몸이 떨렸다. 턱이 덜덜
거렸다. 입을 벌리고 있는데도 계속 어금니가 저희들끼리 부딪혔다.

"나무영! 너 벌써 끝나고 온 거야?"

엄마가 문을 열고 들어왔다. 나는 재빨리 교복 상의를 다시 입었
다. 가슴이 쿵쾅거렸다. 그래서, 그래서 엄마는 그림을 그만둔 것일
까? 그 사건들 이후로, 엄마가 꿈꿨던 세상이 이지러져서? 아니면 나
때문에 집안이 폭삭 주저앉아서? 묻고 싶은 건 많았지만 나는 입술
을 앙다물었다. 그 어떤 말도 지금은 할 수 없었다. 한 마디라도 입
밖에 내면, 그 말이 엄마도 나도 다치게 할 것 같아서였다.

"나무영?"

엄마가 거울 앞에 주저앉은 나를 보며 눈을 댕그랗게 떴다.

"아빠는?"

내가 묻자, 그제야 엄마는 안심한 듯 웃으며 말했다.

"많이 좋아지셨어. 이번 주에 퇴원하실 거야. 그 전에 엄마가 먼저
왔지. 그런데 넌 왜 전화를 안 받는 거야? 휴대 전화는 왜 꺼 놓은
거고? 또 어디다 빠뜨리고 온 거 아냐?"

멍하니 앉아 주머니를 뒤져 보았다. 역시나 휴대 전화가 없었다.

"어? 어디 갔지?"

"땀은 왜 또 그렇게 흘린 거야? 얼른 샤워부터 해."

그제야 지난 토요일에 마술공연을 보고 돌아와서 휴대 전화가 든 종이 꾸러미를 방에 팽개쳐 둔 게 떠올랐다. 나는 우선 방으로 향했다.

"내 이름은 나유영."

무서운 아이가 내 속에서 가만히 속삭였다.

"뭐라고?"

내가 묻자 쌀을 씻던 엄마가 깜짝 놀라 뒤돌아보았다.

"나무영, 괜찮니?"

현동이의 모습이 떠올랐다. 내 안의 무서운 아이를 믿을 수 없었다. 다시금 분명히 확인해 두고 싶었다.

"현동이는?"

엄마의 표정이 갑자기 굳었다. 엄마가 착잡한 얼굴로 내 이마를 쓰다듬었다.

"아직도 받아들이지 못했구나."

"응? 뭘 말이야?"

엄마는 다시 한 번 내 눈을 빤히 들여다보았다.

"아까 학교에서 봤는데?"

엄마는 고개를 저었다.

"얼마 전엔 자기소개도 했다고. 그건 말하지 말라고 내가 미리 말했었는데 자기 별명까지 얘기해 버렸다니까."

"도라에몽?"

"그것도 된소리로. 이름까지."

"무영아, 받아들일 건 받아들여야 해. 그래야 다시 시작할 수 있단다. 네가 그러는 걸 현동이도 좋아하지 않을 거야."

"받아들이라고? 나랑 체육관도 같이 갔고, 또 엄마, 현동이가 수업 시간에 질문도 했는데?"

"아마도 네가 했을 거야."

"말도 안 돼!"

"이제 그만 현동이를 보내 주자……."

아아, 정말이구나. 현동이는 멀리 떠났구나. 내가 깨어났을 때 엄마는 몇 번이고 내게 말해 주었다. 믿지 않는 나를 데리고 현동이의 뼈가 묻힌 추모공원에도 데려다 주었다. 수목장을 했다고 했다. 소나무였나, 느티나무였나? 나무둥치를 붙들고 멍하니 꿇어앉아 있다가 돌아왔다. 믿을 수가 없었다. 현동이가 그런 데 묻혀 있을 리가 없었다.

그 애가 정말 죽었다면, 왜 아무런 슬픔도 느껴지지 않지? 왜 그저 변함없이 내 옆에 있는 것만 같지? 지금이라도 조이스틱을 들면 어디선가 나타나서 내 옆에 앉을 것만 같은데.

엄마는 심호흡을 하고는 내 손을 꼭 쥐었다.

"시간이 필요하겠지. 하지만 이겨 내자꾸나."

고개를 끄덕이며 돌아섰다. 엄마에겐 들리지 않을 만한 목소리로 되물었다.

"네 말이 정말 맞구나."

무서운 아이, 유영이가 차갑게 웃었다.

"각오나 하고 있어."

욕실로 들어가 교복을 벗어 던지고 샤워를 했다. 물줄기가 닿을 때마다 맨살이 따끔거렸다. 물방울이 맺혀서 다행히 거울에 내 모습은 비치지 않았다. 거울을 보는 게 두려워졌다. 희뿌연 수증기를 들이마셨다. 내 혼이 나 자신에게 빨려 들어가는 것 같다. 내가 둘이라니, 도무지 이런 내가 믿기지 않았다.

"나유영, 꼭 해야 되겠니?"

"뭐를?"

무서운 아이가 말했다.

"복수 말이야."

"그만두고 싶니?"

말문이 막혔다. 뭐라고 답할지 모르겠다. 이 모든 게 너무 갑작스럽게 일어나서 그저 멍할 따름, 이런 꼴로 살아가는 내가 불쌍할 따름이었다.

유영이가 말했다.

"이미 시작됐는걸. 곧 너를 찾아올 거라고 했잖아, 1학년 짱이."

그가 욕실 거울을 박박 문질렀다. 그러곤 거울 밖의 나를 보며 힘주어 말했다.

"두려워하지 마. 나한테 맡겨 둬. 두고 봐."

샤워를 끝내고 방에 돌아와 그대로 엎어졌다. 아무것도 더는 떠올리고 싶지 않았다. 엄마가 밥 먹고 자라고 타일렀다. 나는 괜찮다고 되받았다. 돌아눕는데 무언가가 등에 배겼다.

이게, 뭐지?

휴대 전화가 담긴 꾸러미였다. 혜영이가 무대에서 내 휴대 전화를 담아 건네준 꾸러미. 혹 학교에서 전화가 왔다면 확인은 해둬야 할 것 같았다. 리본을 풀고 헝겊을 펼쳤다.

아아, 이것은!

이번에야말로 정말 까무러칠 뻔했다. 심장이 진짜 쿵쾅거렸다. 얼굴이 화끈하다 못해 뜨거웠다. 나는 자리에서 튕겨 일어나 한 자리에서 안절부절못하고 강시처럼 통통 뛰었다.

그 속에는 내 은색 휴대 전화 그리고 바나나 껍질 한 조각, 라일락 꽃잎 그리고 손톱이 담겨 있었다. 나는 가만히 그 손톱 조각을 내 손끝에 대보았다.

그건 틀림없는 내 것이었다. 그건 틀림없이 내게 주려고 혜영이가 미리 준비해 둔 것이었다. 그래서 나를 공연에 초대한 것이고 무대 위로 불러 세운 것이다. 마법의 뜻을 모르는 사람이 보면 그 속에 담긴 물건들의 의미를 결코 알 수 없을 테니까. 그런데 내 손톱은 어디서 났지? 아, 우리 집에 왔을 때 나 몰래 챙긴 거구나. 그 생각을 하니 다시 얼굴이 벌게졌다.

무서운 아이와 무서워하는 아이

　이튿날 아침, 밥도 먹는 둥 마는 둥 하고 집을 나섰다. 통학길이 아닌 다른 데로 새고 싶었다. 리바이어던의 1학년 짱이 나를, 아니 유영이를 찾아올 거라고 했다. 무슨 재주로 녀석을 상대하지? 한 몸인데 유영이라고 별 수 있을까? 그래도 나는 길을 나섰다. 혜영이를 만나야 했다.

　교실에 들어섰을 때, 혜영이의 자리는 비어 있었다. 그건 불곰 대신 할배 선생님이 아침 조회를 들어왔을 때도 마찬가지였다.

　"지두박 선생이 사정이 생겨서 담임을 내려놓게 되었구나. 당분간은 내가 맡을 테니 그리 알도록."

　혹 글자괴물 소동 때문에 심리적 압박을 느끼고 사표를 쓴 건 아닐까? 안쓰럽다는 생각도 들었다. 그러나 수업 시간 내내 내 신경은 혜영이의 빈자리로 가 있었다.

188

점심시간이 되자마자 교실을 나섰다. 청심동산을 향했다. 괴물 사냥꾼이라면 벌써 내게 어떤 조치를 취했어야 한다. 그런데 여태 안 나타난 이유는 무엇일까? 그렇다면 묻고 싶었다. 혜영이에게 무슨 일이 생겼는지도 알고 싶었다.

"너일 줄은 몰랐다."

청심동산을 반쯤 올랐을 때 넝쿨이 우거진 길의 왼편에서 누군가 불쑥 튀어나왔다.

"너, 넌, 한수?"

알루미늄 야구방망이를 뱅뱅 돌리며 한수가 다가섰다. 분명 한수가 맞았다. 한동안 학교에서 보이지 않았는데 이런 데서 나타나다니 의외였다.

"너 같은 찐따가 우릴 어쩌겠다고? 그동안 일부러 약한 척 연기한 거냐? 무서운 새끼."

한수가 슬금슬금 내 눈치를 살피며 다가섰다.

나는 뒤로 몇 발짝 물러섰다. 그렇다면 한수가 리바이어던 1학년 짱? 이대로 뒤돌아 달리고 싶었다. 하지만 두 발은 꿈쩍도 하지 않았다.

"나한테 맡기라고 했잖아. 지금부터는 보고만 있어."

무서운 아이, 유영이가 말했다.

"뭘 맡겨!"

한수가 일그러진 표정으로 야구방망이를 치켜들었다. 그러곤 머뭇거림 없이 방망이를 내게 내리꽂았다. 유영이는 그 알루미늄 야구방망이를 오른손으로 맞받았다. 퍽 소리가 났지만 내 손은 멀쩡했다. 찌릿한 통증이 전신을 휘감았다.

곧 유영이가 야구방망이를 잡아챘다. 야구방망이가 땅에 떨어졌다. 내가 한 손으로 회심의 일격을 받아내자 한수는 허둥댔다. 야구방망이를 주우려고 허리를 굽혔지만 유영이가 먼저 발로 찼다. 방망이가 언덕 비탈로 굴렀다.

"고작 이 정도였냐?"

유영이가 뇌까렸다. 서슬이 깃든 목소리가 낯설었다. 유영이는 짬도 주지 않고 오른손을 한수의 정수리에 내리쳤다.

"악, 제발, 그만!"

한수가 소리를 지르며 머리를 감싸 쥐었지만 소용없었다. 녀석의 머리에서 피가 흘렀다.

"그만해!"

나도 소리쳤다. 하지만 유영이는 멈추지 않았다.

"네가 원한 게 이런 거 아니었어?"

유영이는 계속 한수의 머리를 쳤고, 곧이어 의식을 잃고 쓰러진 한수의 온몸을 발끝으로 찼다. 한수가 허연 눈을 까뒤집고 몸을 꼬았다.

"그만하지 못해!"

그런 유영이를 뒤에서 누군가 끌어안았다. 큰 신장과 단단한 팔뚝에서 전해진 힘은 상당했다. 고개를 돌려보니 용수였다. 무서운 아이 유영이는 괴물 사냥꾼을 보고는 이내 자취를 감췄다.

용수가 슬픈 눈으로 나를 내려다보았다. 나는 할 말을 골랐다. 하지만 아무 말도 떠오르지 않았다. 용수 역시 아무것도 나에게 묻지 않았다. 그제야 참고 있던 말이 튀어나왔다.

"나는 아냐. 네 사진기에 찍힌 그 녀석이 아니라고!"

용수가 고개를 저었다.

"네가 맞아."

"아니야!"

"나무영, 정신 차려!"

"그래서 날 어떻게 할 건데? 그래. 내가 괴물의 숙주라면, 나 때문에 그림자괴물이 많은 아이들을 해쳤다면 어쩔 건데? 내가 어떤 사념을 지녔기에 그렇게 무서운 괴물을 태어나게 한 건데? 어떻게 하면 되는데?"

용수는 그대로 넝쿨집 안으로 들어가 버렸다.

"야, 괴물 사냥꾼! 나를 사냥해 보라고!"

악바리를 지르자 용수가 조용히 대꾸했다.

"그림자괴물은…… 분열을 나타내. 스스로 자신을 지키지 못한 자가 만들어 낸 또 다른 자아, 또 다른 가면. 그들은 그 뒤에서 자신이 아닌 척, 다른 사람인 척 행동하지. 책임을 지지 않으려고 말이야. 물론 이해해. 그 분노, 그 슬픔, 그 고통, 그 두려움……. 하지만 그렇게 회피해서는 안 돼! 나무영, 이 모든 건 네가 파생시킨 거야. 눈을 크게 뜨고 똑바로 봐. 도망가지 말고."

뒤늦게 주걱턱과 스팸이 달려왔다. 녀석들도 온몸에 한두 군데씩 붕대를 휘감았다. 그러나 만신창이가 된 한수를 보고는 공포에 질려 내 눈치만 살폈다.

나는 오른손을 한 번 쥐었다 펴 보았다. 더는 아무런 감각도 느껴지지 않았다. 승리의 쾌감보다 자괴감이 앞섰다. 이런 게 싸움이라는 것일까? 무엇 때문에 학생들끼리 이렇게까지 해야 하나! 동산을 내려오는데 유영이가 내 속에서 속삭였다.

"너도 나쁘지 않았잖아. 나는 알 수 있어. 네 속에도 피가 끓고 있다고. 다시 말하지만, 그런 게 없다면 나는 결코 혼자 움직일 수 없어. 나를 불러낸 건 너라고. 혼자만 착한 척하지 마. 내가 악마면 너는 괴물쯤 되지 않겠어?"

"말도 안 돼. 그럴 리가 없어. 거짓말 마."

"실질적인 얼굴인 1학년 짱이 처참하게 쓰러졌으니, 곧 음성적으로 활동하는 2학년 짱이 찾아올 거야. 하지만 그쯤 되면 2학년이랄 수도 없지. 사실상 활동 반경이 다른 지역까지 미쳐 있으니."

"그럴 수 없어. 그러다 나 죽는 거 아냐?"

"나라니, 우리지. 우리는 죽을 리 없어. 내가 말했잖아. 이석구를 죽일 때까지 죽을 수 없다고. 너를 이렇게 만든 게 바로 그 녀석이니까."

"그만하자. 나는 괜찮아."

"괜찮지 않아. 아직 기억이 다 돌아오지 않았을 뿐이야."

"네가 말해 줘서 다 떠올랐는걸. 정말 괜찮아."

"머리로만 괜찮지. 아직 네 몸은, 그리고 의식 내부는 떠올리지 못했어. 그 상처와 분노가 서린 진짜 기억을 말이야. 몸과 마음은 하나인 걸 왜 몰라. 너와 나도 그렇고. 그게 떠오르면 넌 견디지 못해. 그래서 내가 있는 거야. 그리고 그 감정이 살아나면 나보다 더 무서운 존재는 네가 될 거야."

유영이는 속삭였다. 아이들 몇이 혼잣말 하는 나를 힐끔거렸다. 유영이는 그 눈길을 피하지 않고 일일이 맞받았다. 교실 창문에 비친 내 눈은 붉게 충혈돼 있었다.

"나는 나무영이야, 나무영."

그 눈빛이 속삭이는 소리가 들리는 것 같았다.

띵동.

휴대 전화 카톡창이 떴다. 혜영이가 보낸 것이었다.

무영아, 나 오늘 중요한 일이 있어서 못 갔어.

대꾸할까 말까 마음이 복잡했지만 일단 답장을 보냈다.

자리 빈 거 봤어. 그런데 왜 그런 얘길 나한테 해?

하지만 이후로 답문은 오지 않았다. 마지막 수업이 끝날 때까지 계속 카톡을 살폈지만 내 톡을 확인도 안 한 것 같았다.

"준비해라, 나무영. 발 빠른 녀석들이라 하굣길도 만만치 않을 거야. 그리고 기억해 내라. 그 자식들이 너에게 무슨 짓을 했는지, 머리로 말고 온몸으로 말이야."

무서운 아이, 유영이가 말했다.

"그런 것쯤 잊어도 되지 않아?"

내가 말했다.

"그러면 더 편하지 않을까?"

"그럴 수도 있겠지."

그게 끝이었다. 유영이도 제 할 말만 툭 내뱉고 입을 닫았다.

띵동.

교문을 나설 때쯤 휴대 전화에서 다시 메시지 도착을 알리는 소리가 울렸다. 혜영이가 보낸 것이었다.

정말 너 맞니?

가슴 한쪽이 아려왔다. 무슨 얘긴지 너무도 잘 알았지만 시치미를 떼고 답했다.

아니야.

혜영이가 다시 물었다.

정말?

이번엔 내가 대답하지 않았다. 골목을 돌아 나오는데 혜영이가 재차 메시지를 띄웠다.

그런데…… 너 그 꾸러미는 확인한 거야?

차마 뭐라고 대답할 수 없었다. 혜영이의 얼굴이 떠올랐다. 그 애의 얼굴이 나 때문에 찌푸려지는 것을 보고 싶지 않았다. 더군다나 그 애가 나에게 사랑의 마법을 걸다니.

애써 그 아이의 목소리를 떨쳐 내며 달렸다. 골목을 빠져나와 도로를 건너려고 횡단보도 앞에 섰다. 오토바이 몇 대가 앞에서 뱅뱅 돌았다. 손잡이가 높이 떠 있고 엔진소리가 천둥소리 같은 오토바이들이다. 지나가는 차들이 경적을 요란하게 울렸지만 오토바이에 탄 녀석들은 오히려 그런 운전자들에게 눈을 부라리며 욕을 내뱉었다.

"너냐?"

오토바이 하나가 내 앞으로 다가섰다. 그 위에 탄 폭주족 하나가 선글라스를 위로 들어 올리며 내게 물었다. 왼쪽 눈 아래에 찢긴 자국이 있어 섬뜩한 인상을 주었다. 삭발에 가까운 스포츠머리에도 군데군데 칼자국이 나 있었다. 상의는 검은 가죽재킷에 흰 티를 받쳐 입었지만, 밑에는 분명 교복바지였다.

"너냐고 물었다."

머뭇거리며 고개를 저었다. 다짜고짜 너라고 묻다니, 이건 또 무슨 경우인가! 초록불이 켜지자마자 나는 두 팔을 휘저어 앞으로 뜀박질을 했다. 하지만 이번에도 두 발은 움직이지 않았다. 대신 두 눈에 힘이 들어가는 게 느껴졌다.

유영이가 말했다.

"그래, 나다."

스포츠머리가 말했다.

"뒤에 타라."

"여기서 하지. 한주먹이면 끝날 듯한데."

스포츠머리의 눈이 번쩍 뜨였다. 하지만 녀석 역시 서두르지 않았다. 노는 물이 다르다는 2학년 짱답게 무게감이 있었다. 2학년이 이 정도면 도대체 3학년 짱은 어떤 놈일까, 문득 엉뚱한 궁금증마저 일었다.

"사람들 시선 때문에 그러니 가지."

스포츠머리가 뇌까리자 다른 일행들이 차선을 무시하고 역주행을 해서 그 뒤에 차례로 섰다. 앞길이 막히자, 차에 타고 있던 운전자들이 차창을 내리고 소리쳤다.

"야! 이 자식들아, 얼른 비키지 못해?"

196

스포츠머리는 운전자들의 악바리에도 아랑곳 않고 나를 빤히 올려다보았다. 그러곤 뒤에 선 애들에게 손짓을 했다. 그 손짓 하나에 빵빵거리며 일사분란하게 사라졌다.

"일 대 일이다."

자기가 무슨 홍콩영화에 나오는 보스라도 되는 듯이 스포츠머리가 목소리를 깔았다.

"그러지."

유영이가 오토바이 뒤에 탔다.

얼마쯤 달렸을까? 스포츠머리가 데려간 곳은 건물을 짓다 만 공사현장이었다. 여기저기 콘크리트 새로 철근이 삐져나왔고, 노숙자들이 종종 찾는지 음식 찌꺼기와 신문지도 널려 있었다. 무슨 일로 공사가 멈췄는지는 모르겠지만 중단된 지 꽤 된 것 같았다.

"오랜만에 주먹 써 본다."

오토바이가 멈추자마자 나는 내려섰다. 스포츠머리가 손끝이 뚫린 가죽장갑을 벗었다. 굳은살과 흉터가 뒤얽힌 녀석의 손등이 눈에 들어왔다.

유영이가 말했다.

"아무도 없는 곳에서 쓰러지면 업어 갈 사람은 있고?"

스포츠머리가 되받았다.

"그건 내가 묻고 싶은 소리다."

말이 끝나기 무섭게 스포츠머리가 주먹을 날렸다. 정말 빛의 속도였다. 눈을 질끈 감으려 했지만 그건 내 의지일 뿐, 거꾸로 동공이 더 크게 열렸다. 눈앞에 별들이 솟고 머리가 빙빙 돌 거라 생각했지만, 내 고개는 오른쪽으로 살짝 기울어져 있었다.

유영이가 말했다.

"너도 똑같은 놈이군. 비열한 선빵이라니."

스포츠머리의 얼굴이 벌게졌다. 회심의 일격이 너무도 쉽게 빗나가자 적잖이 당황한 듯했다.

유영이는 그대로 선 채 녀석을 주시했다. 그 눈빛에 담긴 서슬이 얼마나 퍼런지 직접 볼 수는 없었다. 하지만 스포츠머리의 눈동자에 비친 내 모습이 보였다. 언젠가 엄마는 내 초상화를 그려 주면서 눈부처에 대한 얘기를 해 준 적이 있다.

"눈부처란 상대방의 눈에 비친 내 모습을 뜻해. 신기하지 않니? 내가 스스로 부처가 될 순 없다는 얘기지. 그건 관계에서 비롯되는 거야. 다른 사람의 눈에 비친 내 모습, 바로 거기에 사랑도 있고 믿음도 있고 부처도 있겠지?"

도무지 무슨 말인지 알아들을 수 없어서 나는 몇 번이고 두 눈을 깜빡거렸다.

"눈 감지 마. 엄마가 안 보이잖아."

"응?"

"지금 엄마는 눈부처를 그리는 중이라고."

나중에 그림을 확인했을 때, 거기에는 우리 가족과 현동이 가족의 사진, 아니 가족 그림이 담겨 있었다. 그걸 왜 내 모습을 보면서 그린 걸까? 엄마를 이해할 수 없었다. 하지만 엄마는 그 그림을 끔찍이 아꼈다. 적어도 현동이가 극단적인 선택을 하기 전까지는 말이다.

지금 스포츠머리의 진한 눈동자에 비친 내 모습은, 눈부처가 아니라 눈악마였다. 이미 싸우기 전부터 상대를, 아니 상대의 영혼을 집어삼킨 자의 눈빛. 두 손이 차가워지는 게 느껴졌다.

"이 자식이!"

스포츠머리는 곧 하이킥을 날렸다. 역시 갑작스러웠다. 학생들끼리 싸움질을 할 땐 대개 주먹다짐뿐이었다. 하지만 스포츠머리는 격투기 선수처럼 발놀림도 자유자재였다.

이번에도 용케 유영이는 발차기를 피했다. 하지만 내 머리를 노린 하이킥은 뒤돌아차기로 이어졌다. 복부에 급격하게 통증이 느껴졌다. 유영이도 허를 찔린 모양이다.

"으윽."

내가 배를 움켜쥔 사이, 스포츠머리는 틈을 노려 무릎을 추어올렸다. 이번에도 유영이는 피하지 못했다. 콧등에 엄청난 고통이 밀려들었다. 이어서 뜨거운 액체가 입술 위로 쏟아졌다. 비린 피였다.

유영이가 말했다.

"피를 먹고 사는 내게 양식을 주는군."

나는 잠자코 있었다. 유영이는 말을 이었다.

"무영이 너한테 하는 얘기야. 너는 복수하고 싶지 않아? 지금 널 이렇게 만든 이석구는?"

이상한 일이었다. 이석구란 이름을 듣자 내 안에 알 수 없는 분노가 치솟았다. 이제는 얼굴도 잘 기억나지 않는 놈이다. 그런데 왜 내 핏줄이 먼저 반응하는 것일까?

스포츠머리는 여유를 되찾았는지 가만히 웃었다.

"별거 아니었잖아. 괜히 쫄았네."

유영이가 내게 말했다.

"네 엄마가 그 새끼를 찾아간 얘기를 들려줄까? 네 아빠가 술에 절어 녀석을 찾아간 뒤였지. 울분에 찬 네 아빠는 처음엔 타이르려고 했어. 자백을 하고 벌을 받으라고. 하지만 이석구는 시치미를 뗐지. 외려 둘이 싸우는 걸 자기가 말렸다고 했어. 그러면서 네 아빠에게 꺼지라고 했지. 네 아빠는 눈이 뒤집혀서 주먹을 날렸어. 하지만 이석구는 피하지 않고 일부러 맞았어. 녀석에게 코피 터지는 것쯤은 일도 아니었어. 아니, 오히려 그걸 즐기는 것 같았지. 결국 네 아빠는 유치장에 끌려갔어. 그런 네 아빠를 꺼내려고 네 엄마는 이석구를 찾아가 빌었어. 죽여 놓아도 시원치 않을 자식의 원수에게 말이야. 엄마는 무릎을 꿇었지. 그러자 그 악마가 뭐라고 한지 알아?"

"뭐라고 했는데?"

"아줌마 예쁘게 생겼네."

"네가 그걸 어떻게 알아?"

"내가 어떻게 아냐고? 네가 병원에 누워 있을 때 녀석이 찾아온 적

200

이 있거든. 겉으론 사죄하러 왔다지만 짧은 순간이나마 둘이 남았을 때가 있었지."

한동안 유영이의 독백을 듣던 스포츠머리가 말했다.

"너 미쳤냐?"

손이 부르르 떨렸다. 눈앞이 하얘졌다. 오른손을 천천히 말아 쥐었다. 이것은 내가 아니다. 이것은 내가 아니다.

내가 오른, 아니 유영이가 오른손을 휘둘렀다. 그렇게 몇 번 더 휘두른 것 같다. 하지만 스포츠머리는 잽을 피하듯 가볍게 허리를 숙였다 세웠다.

"오, 제법이군."

스포츠머리가 내 무릎 쪽에 돌려차기를 했다. 정확히 무릎 안쪽에 힘이 가해지자 다리가 풀렸다. 하체뿐 아니라 상체에도 힘이 빠졌다. 아무리 오른손이 무적이라도 힘이 빠지니 스피드가 떨어졌다.

승리를 확신한 스포츠머리가 뇌까렸다.

"듣던 대로 약골이군. 언젠가 석구 선배한테 네 얘기를 들은 것도 같아. 좀 전의 얘기가 그거였군. 하지만 한 가지가 빠졌어. 이석구가 합의를 본 건 네 엄마 때문이 아니야."

"뭐라고?"

"제 동생 때문이지."

스포츠머리가 땅에 침을 뱉었다.

"그 애가 오빠 자꾸 이런 식으로 하면 콱 죽어 버리겠다고 했거든.

그 집이 나름 사연이 많아서였는지, 이 선배는 여동생에 대한 정만은 애틋했어. 이상한 계집애였거든. 자기 부모도 포기한 오빠를 끝까지 포기하지 않다니……."

"그걸 왜 나한테 얘기하지?"

스포츠머리가 놀란 얼굴로 물었다.

"몰랐던 거야? 너희 반에 그 애가 있잖아. 석구 선배는 네가 이길 수 있는 인물이 아니야. 지금도 이렇게 병신같이 당하는데 섣불리 달려들었다간 죽고 말거야. 해코지하려면 그 계집애한테나 하라고. 반장이라고 들은 것 같아."

"뭐, 우리 반 반장?"

"석구 선배가 오늘 퇴소하는 날이라 가 봐야 하는데 괜히 시간만 허비했잖아."

사지가 부르르 떨렸다. 혜영이가 이석구의 동생이라니! 갑자기 온 세상이 눈을 질끈 감은 느낌이었다. 그 속에서 나만 멍하니 눈을 뜬 채 있었다.

용기를 내려고 했다. 그 애에게 고백도 하고 싶었다. 지금껏 도망만 다니며 살아온 내가 처음으로 도망가지 않기로 다짐했단 말이다.

혜영이가 마술 무대에서 했던 말이 떠올랐다.

'이처럼 긍정적인 말, 마음이 담긴 말을 많이 할수록 일상이 달라진 다고 해요. 학교에서도 마찬가지로 폭력이 줄어들 뿐 아니라 어른들에게는 질병 예방 효과도 있다고 하네요.

　제 마지막 마법은 이것이에요. 이 마법의 씨앗을 여러분에게 드릴게요. 결과는 여러분들의 삶 속에서 확인하셨으면 좋겠어요.

　여러분, 고맙습니다, 미안합니다, 그리고 사랑합니다.'

　그때 그 무대의 빛살을 헤치고 스포츠머리가 말했다.

　"정신 차려, 애송아! 그러다 죽는다."

　유영, 아니 무영이가 대꾸했다. 이번엔 정말 나였다.

　"죽는 건 너다."

　그대로 주저앉아 뒤돌며 후려차기를 했다.

　그때였다.

　발보다 먼저 무언가 몸에서 쑥 빠져나가는 기분이 들었다. 그러더니 점점 검은 연기가 피어올랐고, 그것들은 저희들끼리 헤쳐 모여 거대한 군락을 형성했다. 언뜻 보면 램프의 거인 같았지만, 다시 보니 검은빛의 얼굴도 몸체도 매섭고 날카로웠다.

　아아, 그것은 그림자괴물이었다. 그림자는 한동안 주위를 두리번거리더니 제 자신의 검은 팔뚝을 길게 늘어뜨려 스포츠머리를 휘감았다.

　"이게 뭐야?"

　스포츠머리가 중심을 잃고 휘청거렸다. 괴물은 녀석의 목줄을 죄면서 다른 팔을 늘어뜨려 녀석의 왼쪽 정강이를 내려쳤다.

"아악, 사람 살려!"

스포츠머리답지 않게 비명을 내지르며 자신의 왼 다리를 접어 감쌌다. 그림자괴물은 틈을 주지 않고 이번엔 녀석의 오른 다리, 그것도 정확히 무릎 아랫부분을 내리쳤다. 녀석은 아예 두 다리가 꺾여 앞으로 고꾸라졌다.

"그만!"

내가 유영이에게 소리쳤다.

"난 네 안에 있는걸?"

유영이가 대답했다.

"저게 내게서 비롯된 그림자괴물이란 건가? 마음에 드는데?"

아무리 힘을 주어도 사지가 말을 듣지 않았다. 그 사이, 그림자괴물은 다시 형체를 버리고 검은 연기로 돌아와 내 콧구멍으로 훅 빨려 들어왔다. 숨이 턱 막히고 가슴이 울렁거렸다. 짧은 순간이었지만 너무도 생생해서 두 다리가 부르르 떨렸다.

기세등등해진 유영이는 스포츠머리를 내려다보았다.

"나는 너희 같은 놈들을 알아. 겉으로는 멋있는 척, 의리 있는 척하지만 너희들만큼 비열한 것들은 세상에 없지. 네가 품위 유지한답시고 산 외제 오토바이, 그리고 이런 목줄, 시계, 이런 게 다 어디서 난 거야? 코찔찔이들 주머니에서 나온 거잖아. 너희 같은 이중인격자가 또 있을까?"

유영이가 팔꿈치로 엎어진 스포츠머리의 등짝을 내려찍었다.

"으윽."

스포츠머리는 더 말하기 어려운지 신음만 내뱉었다. 유영이는 또 한 번 등을 내리쳤다.

"악, 제, 제발!"

"뭐라고?"

유영이는 또 한 번 내리쳤다.

"제, 제발, 그, 그만."

그의 교복바지가 축축이 젖어드는 게 보였다. 하지만 유영이는 멈추지 않고 또 한 번 그의 등줄기를 내리쳤다. 스포츠머리는 허리를 부르르 떨었다. 하지만 유영이는 멈추지 않았다.

순간, 온몸에 소름이 돋았다. 유영이는 단순히 만만한 등판을 내리치는 게 아니었다. 이 악마가 내려치는 곳은 스포츠머리의 척추였다.

"야, 나유영, 이 나쁜 놈아!"

나는 악을 지르며 온몸을 바둥거렸다. 하지만 유영이는 내 몸뚱이를 완벽히 통제했다. 주변의 도움을 구하려고 입을 벌리려고 했지만, 윗니와 아랫니는 지퍼처럼 단단히 잠겨 있었다. 이를 앙다문 상태에서 혀만 움직였다. 마치 복심술을 하는 흑마술사처럼 유영이는 스포츠머리에게 말했다.

"폭력을 쓰며 사는 것은 좋지 않아. 앞으로 너는 지렁이처럼 살게 될 거야. 흙용 말이야. 흑룡 말고, 흙용. 어때, 멋지지? 너무 가혹하다고? 생각해 봐. 너희들이 직간접으로 죽인 애들에 비하면 아무것도 아니지. 차라리 자살로 몰고 간 건 다행일지도 몰라. 리바이어던이 내린 은혜라고도 할 수 있지. 하지만 그 죽음의 공포에서 살아남은 애들은 어쩌지? 그 애들은 이제 지렁이도, 시체도, 뭣도 아니야. 그저 좀비지."

스포츠머리가 어버버, 무슨 말을 하려는 듯 입을 열었다.

유영이는 스포츠머리의 바지춤에서 휴대 전화를 꺼내 녀석에게 쥐어 주며 말했다.

"하지만 좀비 자신은 자기가 어떻게 사는지 몰라. 그저 고통스러울 뿐이지. 문제는 뭔지 알아? 가족들이야. 그 좀비가 된 아이들과 살아가는 가족들, 그리고 그 아이들을 사랑하는 부모들 그리고……, 더 큰 문제는."

스포츠머리는 손을 부르르 떨며 휴대 전화를 꽉 움켜쥐었다. 그러고는 간신히 한마디를 내뱉었다.

"두, 두고 봐."

유영이는 차갑게 웃으며 말했다.

"남은 아이들이지. 피해를 전혀 입지 않은 학생들이 가장 큰 피해자야. 왜냐, 그게 머릿속에 남거든. 나중에 어떤 방식으로 그 상처가 튀어나올지 모르거든. 평생 그렇게 살아가지. 자신의 문제가 뭔지도 모른 채."

스포츠머리는 안간힘을 다해 휴대 전화 번호를 꾹꾹 눌렀다.

유영이가 말했다.

206

"석구에게 전해. 간만에 한번 보자고."

　저녁 어스름이 깔리고 있었다. 내게는 한밤이었다. 아무것도 눈에 들어오지 않았다. 어둠, 또 어둠이었다. 차들의 경적소리도 들리지 않았다. 나는 걷고 또 걸었다. 그 길이 어딘지도 모른 채, 또 어디로 이어지는지도 모른 채 마냥 걸었다. 걷는다는 것을 의식하지 못하고 그냥 흘러갔다.

　유영이는 한동안 아무 말도 하지 않았다. 내가 뭐라고 하소연해도 묵묵부답이었다. 진짜 어둠이 밀려들었을 때, 그는 겨우 한 마디만 내뱉었다.

　"이제 다 끝나가……."

　"아니야, 이건 아무것도 아니야! 끝이 아니라 또 다른 폭력의 시작이라고."

　유영이는 꿈쩍도 하지 않았다.

　"두려워하지 마. 내가 지켜 줄게."

　"네가 말했잖아. 가장 큰 피해자는 지켜본 이들이라고."

　"그랬지."

　"그럼 나는 뭔데?"

　"너?"

　"나는 피해자이면서 가해자였고, 또 이 모든 걸 가장 가까이에서 지켜본 난? 나는 뭔데!"

"미안해. 하지만 네가 정말 쉴 수 있는 길은 이것뿐이야."

"아니야. 난 다 싫다고!"

"녀석이 퇴소하면 너뿐 아니라 다른 아이들도 고통스러워할 거야. 그건 내가 잘 알아."

"아, 정말, 아악!"

"알아. 그 고통, 그 외로움, 그 분노, 그 서러움. 누구보다 내가 잘 알아. 나무영, 조금만 더 참아라."

"싫어, 다 싫어. 너도 싫어!"

길가의 사람들이 날 힐끔거렸다. 몇몇은 겁을 집어먹은 표정으로 빤히 이쪽을 쳐다보았다.

그때 바지춤에서 문자 알림소리가 울렸다.

이제 집에 가는 길이야. 울 오빠랑 데이트했거든. 무영아, 너는 오늘 하루 어땠어?*^-^*

혜영이가 이런 이모티콘을 덧붙인 건 처음이었다. 살짝 가슴이 뛰었지만, 두근거림은 이내 분노와 슬픔으로 바뀌었다. 혜영이가 이석구의 동생이라니 오만 가지 생각이 머릿속에서 아우성쳤다.

유영이가 말했다.

"그 집을 내가 알아. 그 앞에 찾아가 밤새 벌벌 떨며 기다린 적 있거든. 일주일 동안 모으기로 했던 돈을 반도 못 모았을 때였지. 이석

구가 그랬거든. 모으지 못한 만큼 일 원 단위로 현동이의 뺨을 칠 거
라고."

나는 아무 대답도 할 수 없었다.

다시 유영이가 말했다.

"가자."

이번에도 두 다리는 아무런 저항을 할 수 없었다.

가까스로 휴대 전화를 열어 문자를 찍었다.

  어, 혜영아. 그래, 하루가 길었다. 그치?
  보고 싶은데……

여기까지 쓰다 말고 아예 전원을 꺼 버렸다. 맞은편 전봇대에 휴대
전화를 힘껏 내던졌다. 기기는 산산조각이 났다. 다시는 이딴 것에
마음 쓰지 않으리라. 단체 카톡이나 친구들의 덧글 따위에도 마음
졸이지 않을 거다.

그리고,

여자애한테도.

사랑하고, 사랑받을 그럴 자격이,

적어도 나에겐 없으니까.

최후의 대결

어두운 골목길, 얼마쯤 걸었을까. 야트막한 언덕길을 따라 걸으니 성터가 나온다. 그 성터 지붕에 올라 다시 걷는다. 벽 아래로 알록달록한 지붕을 가진 집들이 가로등 불빛을 받아 꾸벅꾸벅 졸고 있다. 이대로 지붕을 따라, 지붕을 딛고, 잭의 콩나무를 타고, 하늘 지붕까지 뚫고, 어디론가 영영 사라지고 싶다.

"이제 다 왔어, 이석구의 집 말이야."

유영이는 걸음을 멈추지 않았다.

어디선가 라일락 향기가 밀려들었다. 가슴이 붕 떠올랐다. 혜영이가 보고 싶었다. 아니다. 어쩌면 이석구와 함께 혜영이를 맞닥뜨릴지도 모른다. 허나 이석구의 동생인 이상 나와는 이제 아무런 상관이 없는 사람이다. 그래, 철저히 무시하자.

"라일락이군."

유영이가 속삭였다. 내가 물었다.

"너도 이런 걸로 가슴이 뛰는 거야?"

"아니, 가슴이 아리지."

"왜?"

"이런 건 나와 상관없으니까."

더는 아무것도 묻지 않았다. 지금 나유영은 복수보다도 피에 굶주려 있을지도 모른다. 나 역시 복수를 누구보다도 꿈꾸었지만, 현동이를 위해서라도 어떻게든 이 문제는 매듭 지어야 했지만, 어쩐지 이건 아니라는 생각이 들었다. 하지만 발걸음은 멈추지 않았다. 문득 엄마가 보고 싶어졌다.

노을마저도 빛을 잃고 잦아들었다. 어둠이 깔리자 숨소리가 들렸다. 들숨과 날숨이 흰 연기로 들고나는 게 보였다.

"여기야."

유영이가 말했다. 푸른색 지붕을 가진 이층집이 보였다. 아기자기한 창문과 돌계단이, 어쩐지 이석구보다는 혜영이에게 어울리는 집이었다. 이층 난간의 건조대에 걸린 알록달록한 망토가 보였다.

"아직 안 온 모양이군."

유영이는 창문을 가리켰다. 불이 꺼져 있었다.

"부모님은 이혼하신 지 꽤 되었지. 아버지가 고고학인가 뭔가를 연구하는 교수이긴 하지만, 그래서 지방 출장이 잦아."

"혜영인 외로웠겠구나."

"아무렴. 그런 계집애들은 소꿉놀이나 하고 놀았겠지."

"혜영이에 대해 함부로 말하지 마."

"아직도 정신 못 차렸군."

유영이는 오른손을 들어 한자로 된 문패를 내리쳤다. 순식간에 나무 팻말이 두 동강이 났다.

"너 뭐하는 짓이야!"

분명 내가 소리쳤다고 생각했는데, 입이 떨어지기도 전에 굵직한 목소리가 대신 소리쳤다. 돌아보니 거기에는 외눈박이 가로등을 등지고 선 검은 그림자가 있었다.

"오랜만이군."

유영이가 차갑게 웃었다. 그렇다면 저 그림자가 이석구? 가로등 불빛 때문에 눈이 부셨다. 그가 한 발 앞으로 다가서자 생김새가 눈에 들어왔다. 생각보다 체구는 크지 않았다. 무시무시한 조폭을 상상했기에 실망스러울 정도였지만, 표정이 바뀔 때마다 따라 움직이는 짙은 눈썹이 무서우면서도 기괴한 인상을 주었다.

"나를 아나?"

이석구가 다시 한 발짝 다가왔다. 손을 뻗으면 닿을 거리였다. 선제공격을 당할 수도 있는 거리. 잔뜩 긴장되었지만, 놀랍게도 유영이는 무언가를 흥얼거리기까지 했다. 이석구의 눈이 커졌다. 유영이의 입꼬리가 올라갔다.

"이제 기억나나? 내 모습이? 그리고 나를 괴롭힐 때 네가 흥얼거리던 이 리듬이?"

보였다, 이석구의 공허한 눈빛이. 그러자 내 영혼에 인두처럼 찍혀 있던 인상이 떠올랐다. 그 녀석이었다. 나에게는 이석구라는 이름보다 악마라는 이미지로 더 선명했던 존재. 나와 현동이를 서로 적으로 만들고 끝내 모든 걸 삼켜 버린 괴물 중에 괴물. 아아, 그제야 보였다. 그 괴물이, 그 이석구가.

유영이가 내 속에서 속삭였다.

"이제 알겠니?

나는 대답 대신 주먹을 찬찬히 말아 쥐었다.

이석구가 장난스럽게 웃었다.

"나 용돈 주려고 온 거야? 나온지는 어떻게 알고?"

"아니, 맡겨 둔 거 받으러 온 거야. 이자까지."

"죽으러 온 거구나."

"죽이러 온 거지."

이석구의 눈빛이 차갑게 굳었다. 그 녀석 또한 내가 전과 다르다는 것을 직감한 것 같았다. 녀석의 목소리가 떨려 왔다.

"설마, 네가 아까 우리 애들을……."

"네 차례다."

이석구가 한 발짝 뒤로 물러섰다. 당황한 눈치가 역력했다. 자신이 그렇게 괴롭히던 존재가 이제 리바이어던을 뒤흔든 장본인으로 돌아온 것이다. 전혀 믿기지 않는다는 듯 녀석은 눈을 크게 뜨고 나를 아래위로 훑었다.

내가 물었다.

"근데 왜 그런 거냐?"

"뭘?"

"왜 현동이를 죽인 거냐고?"

"죽이긴 뭘 죽여, 지가 초래한 일이지."

"그게 어떤 건지는 생각해 봤니?"

"약한 놈은 죽어도 싼 거야."

이석구가 혀를 끌끌 찼다. 그와 동시에 녀석의 어퍼컷이 날아왔다. 정권은 정확히 내 아래턱을 노렸다. 그 주먹을 그대로 허용했다. 통증이 엄청났다. 턱을 맞으니 금방이라도 퓨즈가 나갈 것만 같았다.

"나유영, 뭐해!"

내가 소리쳤다. 유영이가 말했다.

"뭐하긴, 관전하지."

"관전?"

"나무영과 이석구의 리벤지 매치를."

정신이 번쩍 뜨였다. 적어도 이것만은 내 싸움이었던 것이다. 그렇게 생각하자 오히려 마음이 편했다. 이대로 이석구에게 맞아 죽더라도 보여 주고 싶었다. 녀석은 알 수 없는 괴물의 형상을.

나는 가만히 오른손을 들어 복싱 자체를 취했다.

이석구는 발등으로 내 무릎을 후렸다. 하체에 고통이 밀려들었다.

이어서 무릎을 접어 다시 아래턱을 공격해 왔다. 나는 묵직한 무릎차기를 오른팔로 받아냈다.

"그만하면 됐어. 이제 내 차례다."

유영이가 다시 속삭였다.

"힘을 빌려 주지. 네가 싸우고 싶다는 걸 알겠어."

유영이는 이석구의 무릎에 다시 오른팔 팔꿈치를 내리꽂았다. 무릎보다 팔꿈치가 날카로웠다. 이석구가 인상을 쓰며 뒤로 한 발 물러섰다. 그러더니 이번엔 스텝을 밟기 시작했다. 반원을 그리며 천천히 왼쪽으로 돌았다.

"제법이군."

이석구가 왼쪽으로 빠르게 돌며 오른발로 하이킥을 날렸다. 유영이는 왼팔을 들어 그것을 막아 냈다. 하지만 전혀 생각지도 못한 공격에 왼팔은 속수무책으로 꺾여 나갔다. 이어서 스트레이트와 훅, 무릎차기가 삼단콤보로 이어졌다. 왼팔을 못 쓰게 된 상황에서 오른팔로만 그것을 막아내기는 무리였다. 유영이는 두 다리로 적절하게 그것들을 걷어 냈다. 하지만 연타 공격은 끝나지 않았다.

이석구는 그 와중에도 방심하지 않고 계속 왼쪽으로 돌았다. 어느 순간 내 왼쪽 눈도 퉁퉁 부었다. 이석구의 움직임이 잘 보이지 않았다. 그러면서도 녀석은 정타를 날리지 않았다. 이 싸움을 즐기고 있는 것 같았다. 그는 전형적인 파이터이자, 피에 굶주린 괴물 그 자체였다.

"네가 쓰러지는 걸 원치 않아. 죽는 건 한방이지만, 재미는 계속되어야 하지."

이석구가 속삭였다. 유영이는 대답하지 않았다. 아무리 내가 권투를 배웠더라도 싸움꾼에게는 속수무책이었다. 이석구는 침몰해 가는 쪽배 주위를 빙빙 도는 상어처럼 간간히 잽을 날리며 내가 무릎 꿇기를 기다렸다.

"야, 나무영!"

그때였다. 누군가 나를 부르는 소리가 들렸다. 어둠 속에서 기다란 그림자가 가까이 다가섰다. 왼쪽이었다. 보이지 않았다. 나는 아예 반대로 돌아서서 소리가 난 쪽을 살폈다. 그림자가 달려와 내 옷깃을 붙들었다. 용수였다.

"그만둬!"

용수가 소리쳤다.

"지금 굿판이 벌어지는 건가?"

유영이가 되물었다. 내 얼굴에서 다른 낌새를 느낀 용수가 뒤로 물러섰다. 옆에서 지켜보던 이석구는 복잡한 표정을 지었다. 녀석은 용수를 보며 말했다.

"너, 너는 설마 괴물 사냥꾼?"

"기억하고 있군."

이석구도 용수를 알고 있었나. 용수가 말을 이었다.

"뾰족괴물의 출현을 두려워하던 중학생 소년의 모습이 아직 남아 있군."

이석구가 얼굴을 찌푸리며 답했다.

"그땐 고마웠지."

예전에도 뾰족괴물이 나타났다고? 그리고 그걸 이석구가 본 적이 있다고?

"그런 네가 리바이어던을 조직할 줄은 몰랐다. 물론 그것으로 일진들을 소통한다는 처음의 계획은 좋았어. 하지만 네가 그대로 일진의 수장이 될 줄은 몰랐다."

"그런 얘기는 이제 집어치워. 나는 그때 배웠어. 강한 자만이 결국 살아남는다는 것을."

"그 후로 너는 뾰족괴물의 또 다른 숙주가 되어 버렸지. 하지만 수소문해도 찾을 수가 없었어. 학교 폭력의 피해자가 가해자가 되다니 정말 슬픈 일이야."

"약한 놈은 알아서 죽게 마련이지. 그 현동인가 뭔가 하는 새끼도 그렇고."

"야, 이석구!"

"불량배들이 나를 짓밟는 것도 모자라 내 여동생까지 해코지할 줄은 몰랐단 말이야. 거기에 무슨 정의가 있고 속죄가 있지? 나는 알았지. 잘못은 약한 나에게 있다는 것을. 부모님은 그 일로 다투다 이혼하셨지만, 나는 끝까지 동생을 지킬 거야. 경고하지만 이제 그만하고 꺼져라."

혜영이를?

나는 용수를 밀치고 다시 이석구에게 달려들었다. 하지만 다음 순간 반사적으로 내 오른손이 용수의 관자놀이에 꽂혔다. 그 시간이 꽤 길다고 생각했는데 용수는 피하지 않았다. 심지어 눈까지 감았다.

그때 다시 보았다. 나와 유영이의 몸에서 무언가가 빠져나가 거대한 그림자로 솟구치는 것을. 그림자였다. 본체를 이탈하여 두 팔을 벌리고 있는 그림자괴물.

용수는 바로 이때를 기다린 것인지도 모른다. 하지만 용수는 그대로 바닥에 쓰러져 알 수 없는 기도를 했다. 한동안 그림자괴물은 그대로 벽 한쪽에 달라붙어 꿈쩍도 하지 못했다. 하지만 거기까지였다. 용수는 더 이상 아무런 조치도 취하지 않은 채 나와 유영이를 응시했다. 그는 그림자괴물을, 그리고 숙주인 나를 잡으러 온 게 아니란 말인가?

나도 모르게 용수를 일으키려고 한 손을 내밀었다. 하지만 다음 순간, 이석구의 잽이 날아왔다. 정확히 오른 눈을 겨냥하며 다가왔다. 곧바로 유영이는 이석구의 주먹을 슬쩍 피하고는 오른손으로 이석구의 뒷목을 내리쳤다. 적잖은 데미지를 입었는지 이석구가 휘청거렸다.

"그만, 이제 그만!"

내가 소리쳤지만 유영이는 멈추지 않았다. 그 와중에도 이석구가 한발 빨랐다. 이석구는 다시 왼쪽으로 스텝을 빠르게 한 번, 아니 채 한 번도 아닌 반 발짝 정도 나선 뒤에 영악하게도 내 왼쪽 얼굴에 훅을 날렸다.

"마지막 한 방이다. 이제 끝내 주마."

이석구가 씩 웃었다.

유영이도 웃었다.

"이걸 기다렸다."

이석구의 눈이 번쩍 뜨였다.

유영이는 살짝 무릎을 굽혀 그의 훅을 피했다. 이석구가 중심을 잃고 허둥대는 사이, 유영이는 오른손이 아닌 오른쪽 팔꿈치로, 인사이드가 아닌 아웃사이드로, 그러니까 백스핀 엘보우라고 해야 하나. 그대로 뒤돌아서 팔꿈치로 이석구의 경추를 가격했다.

"아악."

이석구가 비명을 내지르며 그대로 엎어졌다. 엎어진 상태에서도 채목을 가누지 못한 채 벌벌 떨었다. 고통이 엄청난지, 그 상태에서도 이석구는 사력을 다해 숨을 몰아쉬었다.

"오빠!"

혜영이었다. 양손에 들고 있던 찬거리와 과일들을 떨어뜨린 혜영이가 소리쳤다.

"무영아⋯⋯."

그녀는 차마 내 눈을 마주보지 못하고 고개를 떨궜다. 쫓아와서 제 오빠를 끌어안지도 않았다. 혜영이에게 달려가고 싶었지만, 유영이는 아직 끝내지 않았다.

"이제 축제를 시작해 볼까?"

유영이는 엎어진 이석구에게 다가갔다. 놀란 용수가 달려와서 유영이의 앞길을 가로막았다.

"나무영!"

"난 무영이 아니야, 유영이야!"

유영이가 온힘을 다해 외쳤다. 그 기세에 눌린 용수의 눈이 일순 커졌다가 다시 일렁였다.

"나무영, 넌 나무영이야!"

이번에는 혜영이가 소리쳤다. 하지만 유영이는 돌아보지 않았다. 갑자기 모든 게 혼란스러웠다. 나유영, 이제 그만하자. 이만큼 했으면 된 거 아니야? 유영이가 속삭였다.

"정말…… 된 거니? 그래도 되겠어?"

하지만 바로 대답이 나오지 않았다. 방심한 사이에 유영이는 길가에 놓인 벽돌 하나를 주워 들었다. 그러곤 신음을 내뱉는 이석구의 앞으로 다가섰다. 이번엔 혜영이가 쫓아와서 두 팔을 벌리고 앞을 가로막았다.

"야, 나무영, 너 그 정도밖에 안 되는 애였니? 네가 그림자괴물의 숙주가 아니라고 난 믿었어. 혹여 네가 다칠까 봐 기도하고 또 기도했어. 그때 사진부실에서 너는 뛰쳐나갔지만 나도 널 쫓아갔어. 그때부터는 왠지 더 미안해져서 널 어떻게 봐야 할지 몰랐어. 그래도 너는 이겨 낼 줄 알았어. 이겨 내서 내 고백을 받아 줄 줄 알았다고!"

혜영이가 울고 있었다. 큰 눈에서 넘치는 눈물이, 정말, 만화에나 나올 법하게 폭포처럼 흘러내렸다.

"계집애, 쇼하고 있네."

유영이가 뇌까렸다. 유영이는 혜영이를 옆으로 확 밀치고 돌을 들었다. 피도 눈물도 없었다.

"그만!"

내가 소리쳤다.

"당장 그 돌 내려놔!"

유영이가 맞받아 소리쳤다.

"난 돌 안 들고 있는데?"

오른손이 부르르 떨렸다. 돌을 든 건, 돌을 치켜든 건 유영이가 아니라 나였다. 하지만 그걸 깨달았을 때는 이미 늦었다. 유영이는 웃으며 말했다.

"호오, 돌까지 들어 주다니 고마운걸. 그 뜻을 받들어 내가 마무리해 주지."

"뭐?"

"이걸로 질긴 인연을 끝내지."

유영이가 치켜든 돌을 이석구에게 내리꽂으려는 찰나 용수가 이석구 위로 뛰어들었다. 퍽 소리가 났다. 대신 돌을 맞은 용수가 온몸을 부르르 떨며 말했다.

"그림자괴물이라, 딱 분열된 인간들 모습이군. 한 번도 나 자신으로

221

살아 본 적 없는 아이들의 모습인가? 나무영, 너는 네 자신의 모습을 똑바로 바라보지 않고 도망가기에 급급했어. 스스로를 부정하고 또 부정했지. 그게 너의 또 다른 인격을 만들었고 그림자괴물도 생성시켰지. 하지만 너는 이겨 낼 줄 믿었다. 진짜 숙주의 실체 앞에서 긴가민가했던 것도 그 때문이었어."

나는 쫓아가서 용수를 부축했다. 혜영이도 달려와서 용수를 붙들었다. 내가 소리쳤다.

"그렇다고 이 앞으로 뛰어들면 어떡해!"

"나무영, 너 자신으로 살아. 부인하지도 핑계대지도 말고. 자신에게 연민도 갖지 말고. 세상을 똑바로 봐. 현동이 일은 안됐지만, 그게 너의 잘못은 아니야. 미안하다면 앞으로 더 잘해. 그래서 갚아 나가. 그림자 뒤로 숨지 말고."

용수가 이번에는 이석구를 내려다보며 말했다.

"너도 마찬가지야."

땅바닥에서 눈만 빠끔히 뜬 이석구가 공포에 질린 얼굴로 나를 올려다보았다. 하지만 유영이는 멈추지 않았다.

"마지막은 너한테 맡길게, 나무영. 이제는 나도 힘이 떨어졌어."

"그만, 나라면 그만이야."

"정말? 그렇다면 내가 끝내지."

유영이는 그대로 다시 벽돌을 치켜들었다. 온힘을 다해 이번엔 내가 그것을 뿌리쳤다. 돌이 바닥에 떨어졌다. 유영이는 그걸 다시 집어

들었다. 내가 소리쳤다.

"아니야. 내가 할게."

그 순간, 내 온몸에서 검은 연기가 무섭게 뿜어져 나왔다. 잠시 주춤했던 그림자괴물이 이번에야말로 전부 잡아먹으려는 듯 굉음을 냈다. 그림자괴물을 날것으로 마주한 이석구가 비명을 질렀다.

"제발, 그건 안 돼, 무영아!"

혜영이가 울부짖었다.

하지만 그림자괴물은 움직임을 늦추지 않았다. 하늘 끝까지 치솟았다가 다시 내려온 괴물은 이석구만 겨냥하지 않고 나와 혜영이, 용수까지 모두 잡아먹으려는 듯 그 자리에서 히드라처럼 머리가 분열되기 시작했다.

"지금이야!"

"알았어!"

혜영이가 용수의 말을 듣자마자 손에 든 스위치를 눌렀다. 그와 동시에 사방에서 네 개의 대형 탐조등이 켜졌고, 그 강력한 순백의 빛줄기 네 개가 나에게 집중되었다.

"끄아악!"

그림자괴물이 발악했다. 이층집까지 집어삼킬 기세로 뻗어 나갔던 괴물의 나뉜 몸뚱이가 한순간 빛살 앞에 줄어들며 내 발밑에서 요동쳤다.

용수가 사력을 다해 외쳤다.

"나무영! 나도 이건 몰라. 선택은 네가 해!"

혜영이가 눈물을 흘리며 나를 보고 있었다. 이석구는 모든 것을 체념한 채 두 눈을 감았다.

"어서 빨리 해!"

유영이가 뇌까렸다. 나는 손에 든 돌을 힘껏 치켜들었다. 그러곤 모두가 방심한 사이, 이석구가 아닌 내 가슴팍을 향해 그 돌을 힘껏 내리쳤다.

유영이가 비명을 질렀다. 나는 휘청거리며 다시 돌을 치켜들었다. 그런 내 팔을 잡아챈 혜영이가 나를 엎어치기로 땅에 메다꽂았다. 아니 엎어치기만 하고, 땅에 떨어지기 전에 내 팔을 잡아끌어 충격을 완화시켰다. 온몸에 힘이 쭉 빠졌다.

의식의 먼 저편에서 누군가 나를 부르고 있었다.

점점 가까이 온다. 아아, 나를 감싸 안는다.

현동이가,

거기에 있었다.

"어떻게 된 거야, 그림자괴물은?"

병실 침대를 일으키며 용수가 대답했다.

"그런 종류의 괴물은 퇴치한다고 되는 게 아냐."

"그럼, 아직 있는 거야?"

"사라졌어."

"어떻게?"

"나유영이라고 했나? 그 친구가 숙주였는데, 그 숙주가 사라졌으니 그림자괴물도 없어졌지. 네가 고생이 많았다. 그리고 용기도 내주었고. 하지만 위험했어. 다시는 그러지 마."

용수는 가만히 내 이마를 짚었다. 햇살을 등진 용수의 얼굴이 보이지 않았다.

"그때 마술공연에서는……."

"아, 그때? 혜영인 좋은 여자애야. 잘 해 봐라. 나도 관심은 있었는데, 혜영이 눈빛을 보니 괴물이 있더라."

"괴물?"

나는 깜짝 놀라 몸을 바로 세웠다. 가슴팍에 통증이 일었다.

"놀라긴! 하트 괴물이랄까. 둘 사이에 단단히 붙어 있더라."

용수가 쓸쓸하게 웃었다.

"그리고 나는 이번 달에 자퇴 신청했다."

"자퇴라니?"

"세상 공부를 좀 해 보려고. 학교에서 배울 건 이미 다 배운 것 같아서 말이야. 대학 책도 식상하고. 긴 여행을 떠나 볼까 해. 무전으로 말이야. 길 위에서 만나는 사람들이 이정표가 되어 주고, 때로는 경전이, 때로는 괴물이 되어 주겠지."

"그러면 이제 볼 수 없는 거야?"

"인연이라는 게 그렇게 쉽게 끝나지 않아. 언젠가 다시 보게 되겠지. 잊지 마라. 그 무엇에게도 너를 내맡기지 말고, 네 스스로 세계를 끌어당겨 봐. 그러다 보면 우리 둘 다 서로의 인력으로 다시 만나게 될 테니."

눈두덩을 거푸 비볐지만 용수의 얼굴이 눈에 들어오지 않았다.

"커튼 좀 쳐 줄래? 눈 부셔."

용수가 말했다.

"창문은 반대쪽인데?"

나는 고개를 돌려 용수의 반대편을 보았다. 저녁노을이 드리워진 하늘이 보였다. 다시 용수를 올려다보았다. 하지만 역시 용수의 얼굴은 보이지 않았다.

"그리고 이거."

용수가 쪽지를 내밀었다.

"나유영이 너에게 남긴 편지다."

"뭐라고? 정말이야?"

나는 그 쪽지를 받아서 펼쳐 보았다.

이 편지를 볼 때쯤이면 정신을 차렸을 때겠지. 나무영, 솔직히 그때 많이 놀랐다. 마지막 순간, 너한테 벽돌을 넘기는 게 아니었는데, 너는 정말로 끝을 내줄지 알았는데, 네가 이석구가 아닌 나를 해한답시고, 아니 너 자신을 물리친답시고 스스로 가슴을 내려칠 줄은 몰랐다.

나무영, 네가 마지막에 물리치고 싶었던 괴물은 나인 거냐, 아니면 너인 거냐? 그렇다면 우린 누군 거냐?

다행히도 이석구는 목에 깁스를 했을 뿐이고, 용수도 타박상만 입었단다. 나에게 온전히 맡겼다면 녀석들은 지금 이 세상 사람이 아니었을 거야. 타격을 할 때마다 네가 마지막 순간에 방향을 살짝 비틀지 않았다면 말이다.

내가 왜 갑자기 나유영답지 않게 이런 소리를 뇌까리냐고? 그게 얼마 남지 않은 것 같아서야. 이석구로 인해 내가 각성했는데, 이석구가 더 이상 적이 아닌 게 되어 버리니, 존재할 이유가 없어서일까? 복수는 처음부터 가능했었나? 의식이 점점 멀어져 간달까? 얼마 남지 않았음을 느끼고 있어. 괴물 사냥꾼 때문은 아니야. 네가 안간힘을 다해 나를 밀어내고 있거든. 자신이 있다는 얘긴데, 이제 스스로 서 보고 싶다는 얘긴데, 괜히 서운하군.

네가 깨어나면, 나는 없을지도 몰라. 분열되었기에 공존할 수 있었지만, 이젠 그럴 필요가 없어졌으니까.

하나님이 있다면, 죽기 전에 기도라도 하고 싶은 심정이야. 무영이 너는 이 편지를 읽고 웃을지도 몰라. 하지만 지난 몇 주간 나는 그 누구보다도 생생하게 존재했고, 그 어떤 자들보다도 치열하게 살았어.

굳이 복수를 위해서뿐만은 아니었어. 나무영, 너를 지키는 것도 내 몫이었어. 뭐든 대신해 주고 싶었어. 너를 괴롭히는 건 두 배, 세 배로 갚아줬지. 그런 놈들은 이에는 이, 눈에는 눈으로 당해 봐야 알아. 자신이 무슨 짓을 하고 있는지. 자기가 왜 괴물인지.

하지만 인정해. 진짜 괴물의 숙주는 나였다는걸. 이런 날 하나님도 용서해 주지 않겠지. 어쩌면 분열된 인격이니 허상일지도 모르지만. 이렇게 나는 명백하게 존재하는데 가짜라니, 괴물이라니. 그리고 정당한 사후처리 없이 소멸되어야 하다니. 이런 돌연변이를 만들어 낸 이석구, 아니 어쩌면 나무영, 너를 증오해.

네가 의식을 잃고 누워 있는 동안, 네 아빠도, 엄마도, 용수도, 혜영이도 거의 병실에서 살다시피 했어. 그 모습을 보니 부럽더라. 나에게는 아무도 말을 걸어 주지 않았지. 그 모습을 보니 네가 더 싫어졌다. 넌 지켜 줄 가치도 없는 놈이야. 내 주위에 나를 사랑해 주는 사람이 한 명이라도 있다면, 나는 결코 함부로 나를 내던지지 않을 테니까. 그래, 단 한 명이라도 있었다면, 그렇게 소중한 한 명이라도 내게 있었다면, 다른 누구를 해칠 생각도 안 했겠지.

그 사람 또한 누군가에겐 소중한 사람일 테니까.
나무영, 너는 항상 웃어라.

긴장이 풀려서일까. 두 볼 위로 눈물이 흘러내렸다.
고개를 들었을 때 용수는 보이지 않았다.
어느새 다가선 혜영이가 내 손을 잡았다.

스스로를 굳건히 지킬 때
그 무엇도 나를 흔들 수 없지요.

학창 시절 저는 종종 인상을 쓰고 다녔습니다. 그래야 누구도 건드리지 못할 것 같았고, 스스로 힘을 가진 것처럼 느껴졌기 때문입니다.

사춘기 소년에게 교실은 세상 전부나 마찬가지였기에, 그 속에서 저는 늘 우울했습니다. 무협지에 나오는 고수들처럼 선생님들이 들고 다니는 몽둥이는 가지각색이었고, 힘깨나 쓰는 아이들은 키 작은 아이나, 말없는 아이들을 지목해서 따돌리거나 돈을 뺐었습니다.

한번은 태권도 유단자랍시고 못된 아이들을 혼내 준 적이 있었습니다. 휙휙 발길질을 하다가 힘이 떨어진 다음에는 두들겨 맞았습니다. 몇몇은 코피가 터졌고, 저는 눈두덩이 터졌고, 모두는 허벅지에 피멍이 들 때까지 선생님에게 얻어터졌습니다.

비로소 저는 왜 흰 달걀을 멍든 곳에 문질러야 하는지를 배웠지요. 삶은, 삶은 달걀처럼 시퍼렇게 멍들어 가는 것이구나! 껍질을 깨자 푸른 달걀은 그 자체로 외눈박이 괴물처럼 저를 올려다보았습니다.

니체는 《선악의 저편》에서 괴물과 싸우는 사람은 그 싸움 속에서 스스로도 괴물이 되지 않도록 조심해야 한다고 했습니다. 우리가 괴물의 심연을 오래 바라보면 그 심연 또한 우리를 바라본다고 했죠.

이 소설은 학교 폭력의 피해를 입어 선과 악으로 인격이 나뉜 소년의 얘기를 담고 있습니다. 겉으로 볼 때는 학교에 출몰하는 작은 괴물들을 무찌르는 이야기 구조를 지니고 있지만, 가만히 들여다보면 이것은 그냥 우리들 언어이고, 우리네 일상입니다. 괴물은 그저 상징일 뿐, 어쩌면 소년은 우리에게 이렇게 묻고 싶을지도 모르겠습니다.

"당신 안의 괴물은 아직 안녕하신지요?"

그 마음을 헤아리니 조금 알겠네요. 괴물과 싸우기 위해서는 괴물과 똑같이 맞설게 아니라 먼저 내 자신을, 그리고 괴물을 용서해야 한다는 것을요.

학교 폭력이 나날이 늘고 있습니다. 이제는 그 방식도 다양해져서 무엇이 폭력이고 무엇이 아닌지도 애매모호할 정도입니다.

비록 괴물의 이빨은 잘 보이지 않지만, 무엇이든 할퀴고 물어뜯을 수 있기에 늘 깨어 있어야겠어요. 부디 여러분들이 이 책을 읽고, 보이는 것뿐 아니라 보이지 않는 것까지 볼 수 있기를 소망해 봅니다.

"선으로 악을 이기라. (로마서 12:21)"

2014년 이 하

주니어김영사 청소년문학 06
괴물 사냥꾼

1판 1쇄 인쇄 | 2014. 8. 14.
1판 6쇄 발행 | 2018. 5. 18.

이하 지음

발행처 김영사 | 발행인 고세규
편집 김지아 | 디자인 김순수
등록번호 제 406-2003-036호 | 등록일자 1979. 5. 17.
주소 경기도 파주시 문발로 197(우413-120)
전화 마케팅부 031-955-3102 | 편집부 031-955-3113~20 | 팩스 031-955-3111

값은 표지에 있습니다.
ISBN 978-89-349-9330-8 43810

좋은 독자가 좋은 책을 만듭니다. 김영사는 독자 여러분의 의견에 항상 귀 기울이고 있습니다.
독자의견전화 031-955-3139 | 전자우편 book@gimmyoung.com
홈페이지 www.gimmyoungjr.com

이 도서의 국립중앙도서관 출판시도서목록(CIP)은 서지정보유통지원시스템
홈페이지(http://seoji.nl.go.kr)와 국가자료공동목록시스템(http://www.nl.go.kr/kolisnet)에서
이용하실 수 있습니다. (CIP제어번호 : CIP2014020776)

어린이제품 안전특별법에 의한 표시사항

제품명 도서 제조년월일 2018년 5월 18일 제조사명 김영사 주소 10881 경기도 파주시 문발로 197
전화번호 031-955-3100 제조국명 대한민국 ▲주의 책 모서리에 찍히거나 책장에 베이지 않게
조심하세요.